KLUGMANN / MATHEWS

EINE SCHÖNE BESCHERUNG

Ein Weihnachtskrimi in 24 Kapiteln
mit Illustrationen von Hendrik Dorgathen

rororo

ROWOHLT

rororo thriller
Herausgegeben von Bernd Jost

61.–69. Tausend November 1997

Originalausgabe
Veröffentlicht im Rowohlt Taschenbuch Verlag GmbH,
Reinbek bei Hamburg, November 1995

Umschlagillustration Hendrik Dorgathen
Umschlagtypographie Walter Hellmann
Redaktion Peter M. Hetzel
Satz Sabon (Linotronic 500)
Gesamtherstellung Clausen & Bosse, Leck
Printed in Germany
1200-ISBN 3 499 43220 x

DIE PERSONEN

Der Stern von Bethlehem
hat seine Flugbahn verlassen.

Der Weihnachtsmann
droht nicht nur mit dem Zeigefinger.

Frau Ruprecht peitscht im lyrischen Takt.

Rostopovichs Cello ist eine drogenfreie Zone.

Kommissar Roland
kennt seinen Plan.

Ninas Halbkugeln sind der Mittelpunkt der Welt.

Wiener teilt gerne schlagkräftige Argumente aus.

Blini versagt in seiner Rolle als Lächler.

Der Teddybär spielt das Ersatz-Christkind.

Wanja singt aus Angst und Verzweiflung.

Valentin feiert Weihnachten in seiner rollenden Herberge.

Larissa ist kein Wesen von einem anderen Stern.

1

Träge blubberte der Strom gegen die Kaimauer, silbern wogten die Lichter der Nacht auf den kleinen Wellen. Die Straßenleuchten brachen sich im aufsteigenden Dunst. Das Pflaster am Kai glänzte kalt, und auf dem Parkplatz perlte Feuchtigkeit über den Lack der wenigen Wagen. Nacht, wenige Tage vor Weihnachten auf dem Fischmarkt im Hamburger Stadtteil St. Pauli. An der Pier stand ein Taxi. Auf dem Fahrersitz hockte ein Mann, ungefähr dreißig Jahre, eher älter, dunkle halblange Haare, Viertagebart, müde. Seine Hände befestigten das mit einem Dutzend erbsengroßer, farbiger Leuchtmittel verzierte Imitat eines Weihnachtsbaums auf der Konsole. Der Mann beugte sich vor, gab dem Santa Tree einen sanften Druck nach rechts und plusterte mit den Fingern die Plastiknadeln auf. Rote, grüne, blaue, gelbe Lichtlein flackerten in der Nacht. *«Advent, Advent, ein Lichtlein brennt...»*, grummelte der Mann, lehnte sich zurück und streckte die Glieder.
In der Beifahrertür war ein Buch verstaut. Kaum hatte er es aufgeschlagen, entstanden hinter der Windschutzscheibe seines Kopfes Bilder und häßliche Worte. Er hörte Türenschlagen, Glas klirrte auf Stein. Er schüttelte den Kopf, wischte die Bilder von seiner inneren Tafel. *Valentin, was willst du? Du bist jung, bist gesund, leistest einen gesellschaftlich akzeptierten Beitrag zum Bruttosozialprodukt, hast 14 Semester studiert, bist Magister Artium der Philosophie, hast einen festen Wohnsitz, diese solide viertürige Limousine der Marke Mercedes Benz 200 D mit Niveauregulierung und Standheizung. Was jammerst du über Nebensächlichkeiten?... Gut, dir fehlt seit zehn Tagen die feste Beziehung zu einem weiblichen Wesen, dir fehlt ein Badezimmer, eine Waschmaschine, ein Kühlschrank. Aber kann man alles haben? Irene fehlte auch so einiges: ein dritter Bausparvertrag, ein Kind und Urlaub auf Gomera. Als wenn das die Seligkeit wäre.*
Die Schritte kehrten zurück, wurden lauter und kürzer.
Belüg dich nicht. Gib zu, dir macht es doch etwas aus. Es war nicht nur der Tee, den sie mit dir trank, wenn du von der Spätschicht kamst.
Die Schritte stoppten. Jemand pochte an die Scheibe. Valentin erschrak bis in die Fußspitzen und blickte in das Gesicht. Die Scheibe war beschlagen, so sah er das Wesen verzerrt durch einen bläßlichen Schimmer. Die bunten Lichtlein spiegelten sich auf dem Glas. Große, rote Lippen, blaue

Augen wie Sterne, Angst in den Augen wie bei einem Tier. Valentin glaubte nicht an den Weihnachtsmann, nicht ans Fegefeuer, auch nicht ans Paradies. Aber was da nur einen Atemzug entfernt vor ihm stand, war ein Engel. Ein Wesen von atemberaubender Schönheit, aufgetaucht aus dem Nichts, so daß er einen Moment brauchte, um diese Wahrnehmung mit seinem kognitiven Wissen abzugleichen.

Das Wesen schlug mit der Hand gegen die Scheibe. «Hilfe! Ich werde verfolgt. Helfen Sie, bitte sehrr.» Valentin kurbelte die Scheibe herunter. Tatsächlich stand da eine Frau vor ihm. Viel zu dünn bekleidet für eine kalte Nacht im feuchten Dezember. Sie trug ein weißes Hängerchenkleid, mit dünnen Trägern. Sie hatte keine Flügel, dafür rote Lippen, die viel größer waren als ihr Mund. Und sie fror.

«Tut mir leid, ich habe Feierabend», sagte Valentin.

«Dankesehrr» hauchte sie mit lange rollendem R, vor ihrem Mund bildete sich weißer Nebel. Sie griff nach der hinteren Tür und stieg ein.

«Eh, Moment Lady», Valentin drehte sich nach hinten, «ich sagte Feierabend. Ich fahre heute nicht mehr.»

Die Frau auf dem Rücksitz blickte sich unruhig um. «Bitte fahren Sie, Mann kommt, fahren Sie schnell.» - «Interessiert mich nicht, Mädel, wenn Sie Streß mit Ihrem Meister haben.» Valentin plusterte sich auf wie ein Freiberufler, der von sich behauptete, seine Arbeitszeit selbst einzuteilen. «Für ein klärendes Gespräch ist es nie zu spät.»

Von der Hafenrandstraße schnellte eine schwere Limousine mit hoher Geschwindigkeit auf den Fischmarkt und bremste. Ein Mann stieg etwa 20 Meter vom Taxi entfernt aus dem Jaguar. Der Mann war kein Riese, aber er hatte sehr breite Schultern, und die Haare reichten bis weit in den Nacken. Der Fischmarkt war erfüllt von den wummernden Bässen seiner Stereoanlage. Der Mann rührte sich nicht, blickte sich nur um. Die Frau lag flach auf dem Rücksitz und jammerte.

«Fahren Sie, bittesehrr, fahren Sie endlich weg.» Valentin sah zu dem Wagen hinüber. *Immer die falschen Arschlöcher, die die tollsten Wagen fahren.* Der Jaguarfahrer bemerkte den leuchtenden Weihnachtsbaum, zog das Revers seines möglicherweise roten Jacketts glatt und näherte sich dem Taxi. Valentin sah in das Gesicht der Frau, blickte zu dem Typen hinüber und sagte «Scheiße».

Ein älterer Diesel benötigt etwa 15 Sekunden Vorglühzeit, bis der Motor betriebsbereit ist. Manchmal geht es schneller. Manchmal dauert es auch länger. Bei Valentins Wagen dauerte es genau so lange, wie der Mann brauchte, um bis auf fünf Schritte an das Taxi heranzukommen. Der Mann griff sich an den Hosenbund und hatte plötzlich eine Pistole in der Hand. Valentin legte den Rückwärtsgang ein. ▶▶▶

2

Als Valentin das Gas durchtrat, hörte sich der Motor an, als könne er nicht glauben, was man ihm antat. Der Wagen schrubbte über das nasse Pflaster parallel zur Elbe, dann riß Valentin ihn auf die Straße hinüber. Das entgegenkommende Auto preschte heran, Valentin spielte auf der Lichtorgel, der andere hatte zwei Sonnen mehr am Bug und drückte seinen Hupen-Fünfklang.

«Scheiße, Scheiße, Scheiße! Wo bin ich reingeraten?!» rief Valentin.

«Du mußt schneller fahren», erklang es vom Rücksitz. Valentin schoß Richtung Altona, und die engelhafte Frau rief: «Sie kommen immer näher.» Das hatte Valentin längst selbst erkannt. Sie saßen zu zweit im Wagen, und der am Steuer des Jaguar war garantiert kein Sonntagsfahrer.

«Ich fahre Sie zur Polizei», rief Valentin. «Nicht Polizei. Polizei ist nicht gut.» Valentin überholte alles, was nicht schneller fuhr als 100 km/h. Die Nässe zauberte Schlieren auf die Scheibe. Valentin wollte seit sechs Wochen die Scheibenwischer auswechseln. «Warum nicht zur Polizei? Was haben Sie ausgefressen?» - «Ausgefressen...?» - «Komm, komm, Mädchen, so nicht. Immer wenn es unangenehm wird, kein Wort verstehen. Zieht nicht mehr. Mein Auto ist Multikulti-Land. Ich habe alle Ausreden schon mal gehört.» - «Was ist Multikulti?» Valentin umklammerte das Lenkrad so fest, daß seine Finger schmerzten. «Ich fahre auf die Reeperbahn. Da sind viele Leute. Den möchte ich sehen, der da mit einer Pisto...» In diesem Moment splitterte Glas. Das Geschoß war in den Rückspiegel eingeschlagen. Der Engel schrie vor Schreck und war nicht mehr zu sehen. Valentin griff blind mit dem rechten Arm nach hinten, bis er eine Handvoll Haare spürte. Die Frau wehrte sich, aber er zog den Kopf gnadenlos nach vorne.

«Raus damit», knurrte er. «Wer hat soviel gegen dich, daß er mitten in Hamburg auf Taxis ballert? Ich gebe dir zehn Sekunden für die Antwort. Danach halte ich an.» - «Nein!» - «Warte es ab. Fünf Sekunden sind bereits vergangen.» - «Aber du mußt fahren, immer fahren. Nicht anhalten.» Er ließ sie los und bretterte durch die engen Wohnstraßen Richtung Ludwig-Erhard-Straße. Er sehnte sich nach der Gesellschaft anderer Autos.

«Ich will nach Hause», sagte sie leise. «Wer ist ich?» - «Larissa.» - «Wo ist zu Hause?» - «Na, in Moskau.» Sie hörte sich an, als könne sie sich nicht vorstellen, woanders zu Hause zu sein. «Vorsicht!» Ein Schrei, ein Ruck, Valentins Oberkörper wurde nach vorn und nach hinten geschleudert. «Das Schwein will mich rammen!» rief er und blickte zwischen die Sitze, wo bei den meisten Kollegen Reizgas oder eine Pistole

lag. Aber die meisten Kollegen hatten auch nicht 14 Semester Philosophie studiert und sich ein Jahrzehnt im Kreis gewalt- und fleischloser Wohngemeinschaften herumgetrieben.
Auf der sechsspurigen Ausfallstraße versuchte der Jaguar immer wieder, sich neben Valentin zu setzen. Er erkannte die beiden Oberkörper im Rückspiegel, und Larissa sagte: «Sie haben gesagt, ich darf Musik machen. Unterhaltungskünstlerin, viel Beifall. Viele Blumen. Hah!» - «Musik? Was für ein Instrument spielen Sie denn? Balalaika?» - «Harfe.» - «Nein.» - «Larissa lügt nicht. Schneller, schneller!»
Er sah schon von weitem, daß er die Ampel nicht mehr schaffen würde. Er sah das bißchen Grün, das viele Gelb, er trat das Gas durch, die Ampel sprang auf Rot. Der Engel schrie, Valentins Hände verschmolzen mit dem Lenkrad, und er fegte über die breite Kreuzung. Seine Erleichterung hielt zwei Sekunden an, dann blickte er in den Außenspiegel und sagte leise «Scheiße». Valentin setzte alle Tricks und Abkürzungen ein, die er in vier Jahren auf dem Bock gelernt hatte. Er schoß durch Wohnstraßen, fuhr zweimal verkehrt herum durch kurze Einbahnstraßen, und mehr als zweimal ging es über Bürgersteige und mitten durch Fußgängerzonen. Er hatte den Jaguar schon längst aus dem Rückspiegel verloren, als er immer noch wie besessen schaltete und kurbelte.
«Halt!» rief Larissa immer ängstlicher. «Es ist gut. Sie sind weg.» Valentin tätschelte das Lenkrad und lobte den Wagen mit leisen Worten. Die letzten 15 Minuten fuhr er manierlich, aber er registrierte jede große Limousine, der sie begegneten.
«In ein Bordell», sagte Larissa plötzlich in die Stille hinein. Mehr sagte sie nicht, und zum erstenmal bildete sich in Valentins Kopf ihr mögliches Schicksal: ein alltägliches Drama, über das man in den letzten Jahren viel in den Zeitungen las und im Fernsehen sah. «Sie haben gesagt, nur für kurze Zeit, danach Unterhaltungskünstlerin. Sind zehn Monate eine kurze Zeit in Deutschland?» - «In zehn Monaten kannst du dich verlieben, ein Kind kriegen und dich trennen.» - «Deshalb muß ich weg.» - «Aber dein... Arbeitgeber hat etwas dagegen?» - «Ich hasse ihn. Er lacht immer, aber er meint es nie so. Er mag keine Harfen. Er ist ein...» - «... wir nennen das Zuhälter in Deutschland. Schmieriger Zuhälter mit Goldkettchen, Rolex, Sonnenstudio und einem 8-Zylinder-Coupé. Oder einem 12-Zylinder-Jaguar.»
«Wo sind wir hier?» fragte Larissa verwundert, obwohl der Wagen schon zwei Minuten stand. «Da, wo die Geschichte angefangen hat», sagte Valentin und blickte erschöpft auf die Lichter, die Wellen und die Feuchtigkeit, die sich auf die Autoscheiben legte. «Das macht 119 Mark 40. Sagen wir 119. Bargeld lacht.» ▶▶▶

3

Der Engel auf dem Rücksitz lächelte unsicher. Das Taxameter tickerte, sonst war alles ruhig. Valentin sah in den Rückspiegel, wollte «Und nun?» fragen, aber ihre Augen hielten ihn gefangen. Langsam legte beider Atem einen Schleier vor die Hafenkulisse, die Scheiben beschlugen. Larissas Hand schlich vom Rücksitz über Schulter und Brust zu Valentins Herzen, fuhr unter den Sicherheitsgurt, zwischen zwei Knöpfen vorbei zielgenau zur Brustwarze und umstrich sie unter dem Stoff wie eine Katze das Vogelnest.
«Es gibt auch eine andere Art zu bezahlen», hauchte Larissa ihm ins Ohr. Valentins Hirn produzierte Vernunft, seine Zunge wollte protestieren, aber schon ging Larissa einen Schritt weiter. Sein Ohr spürte die Hitze zuerst, die Härchen am Hals gingen in Habtachtstellung. Larissa beugte sich vor und schnappte mit ihren schmierroten Lippen nach Valentins Ohrläppchen, öffnete den Mund und stieß ihm ihre spitze Zunge ins Ohr. Dann hob sie ihren Körper an den Kopfstützen vorbei nach vorn. Sie war federleicht. Fingertiere krabbelten auf Valentins Hosenbund zu, dann stützte sich Larissa mit der Hand an einer Stelle zwischen seinen Beinen ab, drückte und preßte, war mit ihrem Mund auf seinem Mund. Valentin stöhnte. Er hing im Sicherheitsgurt auf dem Fahrersitz seiner Droschke, über ihm eine Frau von engelhafter Gestalt, deren Kleidchen den Rücken hinaufrutschte und die Valentins Kopf zwischen ihren Oberschenkeln einklemmte. Um nicht noch weiter unter das Lenkrad zu rutschen, stützte sie sich mit dem Kopf da ab, wo sich bei ihm von Pulsschlag zu Pulsschlag mehr Blut versammelte. Sie kicherte und rollte ihren Körper über Valentin, der willig die Beine spreizte, mit den Armen ruderte, sich an ihren Rücken und ihre Schultern klammerte und irgendwann auf den rettenden Einfall kam, mit der linken Hand den Hebel für die Rückenlehne zu lösen.
Was eben noch verwachsenen Rebstöcken gleich in den Polstern geklemmt hatte, lag nun wie ineinandergeschobene Filzpantoffeln in einem Schränkchen, ruckelte und zuckelte, jeder für sich, jeder für den anderen, miteinander. Valentin starrte an den Himmel seines Wagens. Die winzigen Löcher im Plastik, von denen er wußte, daß sie in schnurgeraden Reihen verliefen, begannen zu tanzen, Orion und Großer Wagen hetzten hinüber zum Polarstern, der heller leuchtete als jemals zuvor. Plötzlich drehte sich alles über ihm, Larissa flatterte, umfaßte seinen Kopf, sah ihm in die Augen, küßte ihn feucht auf den Mund, flüsterte

«Hilf mir» und nach einem Moment «bittesehrrr», und Valentin wußte nicht wie und wobei, denn sie machte alles so zielstrebig, daß er annahm, sie würde von ihm jetzt keine abwägende Handlung erwarten, sondern Hingabe, nichts als Hingabe.
Er war bereit, sie ihr zu gewähren. Nach heftigem Zucken ergab sich das kleine Tier in sein Schicksal. Die Frau, die ihm laut Taxameter inzwischen 124 Mark schuldete, aber emotional voll im Guthaben stand, lachte auf russisch, Valentin hielt mühsam die Handbremse angezogen und ließ erst locker, als es mit ihm «klingeling» und «Süßer die Glocken nie...» machte.
Larissa sank auf ihn nieder, und ihre feinen glatten Haare glitten wie ein Seidentuch über sein Gesicht.
Valentin lächelte entrückt wie Männer es tun, deren Gefühl und Verstand sich plötzlich als zwei feindliche Wesen entpuppen. Die junge Frau hatte kaum Mühe, so schien es ihm, ihre Fassung zurückzuerlangen. Sie rutschte auf den Beifahrersitz hinüber, zog an ihrem kurzen Kleid, setzte sich mit dem Rücken zur Tür, umfaßte ihre Beine, zog sie zu sich heran und legte den Kopf auf die Knie. Sie schwiegen, während Valentin Hose und Sitz richtete.
«Hilf mir», hörte Valentin, gefolgt von «Bittesehrrr» mit dem rollenden R. Er sah sie an, beugte sich vor, stellte endlich den tickenden Taxameter auf Fahrtende.
«Was denn noch?» fragte er pampig, seine Unsicherheit und Scham nur kläglich vertuschend.
«Der Mann, der uns verfolgt, hat meinen Paßport. Ohne Paßport kann ich nicht nach Hause.» - «Und was soll ich dabei?» - «Du kannst mir den Paß holen.» Ihre Augen blitzten. «Es ist ganz einfach. Du gehst ins Hotel und holst den Paßport. Nina zeigt dir wo.» - «Wer ist Nina?»
Valentin konnte nicht glauben, daß die Frau annahm, er würde noch irgend etwas für sie tun. Aber wie sie da auf dem Sitz saß, so klein und zerbrechlich, so engelgleich und beschützenswert, kamen ihm Zweifel an seiner Vernunft.
«Nina ist meine beste Freundin.» - «Dann soll sie dir doch den Paß bringen.» -
«Ach, du bist ein dummer Mann.» Sie lachte und beugte sich vor. «Nina kann doch nicht weg da. Deshalb mußt du hin und Paßport abholen.»
Sie beugte sich vor, griff Valentin ins Haar und setzte ihm einen Kuß auf den Mund, der ihn schwindlig machte. Erst in diesem Moment bemerkte Valentin, daß er die ganze Zeit angeschnallt gewesen war.
«Danke schön», hauchte Larissa. Valentin schluckte und nickte. Es war nicht sein erster und auch nicht sein letzter Fehler in dieser Sache. ►►►

4

«Schön ist das», sagte Larissa und berührte die Zweige des Plastik-Weihnachtsbaums. «Die teuren spielen auch ein Lied», sagte Valentin, und Larissa lachte. Dann zog sie ihre Beine an den Körper, umfaßte sie mit beiden Armen und sang *«Es ist ein Ros' entsprungen.»* Sie war so leise, daß die Worte fast nicht zu verstehen waren. Valentin brauchte einige Augenblicke, bevor er merkte, daß Larissa in ihrer Muttersprache sang.

«Ich habe auch mal gesungen», hörte er sich sagen. «Weihnachten in der Kirche. Als ich noch Schüler war.» Er hatte lange nicht mehr daran gedacht, er fühlte sich besinnlich und zufrieden. Aber dann spürte er den kalten Luftzug und blickte auf das Loch in der Heckscheibe.

Plötzlich war da dieses Gesicht vor der Frontscheibe. Über wallendem Bart blitzten listige Äuglein. Daß die Nase rot war, sah man auch bei schlechtem Licht. «Ein Schlückchen?» fragte der Mund. Die meisten Zähne waren ausgezogen. «Danke, nein. Sehr nett», antwortete Valentin. Der Mann ließ die Flasche sinken und sagte: «Will auch nicht stören. Fest der Liebe, alles klar.»

Mit großen Augen sah Larissa dem Stadtstreicher hinterher. Seine Kumpane lagerten zwischen Halle und Kaimauer, in einer Tonne brannte Feuer, und obwohl bestimmt 15 Menschen beisammensaßen, war kaum eine Stimme zu hören. «Sie sind warm», sagte Larissa tröstend. Valentin lächelte über die verdrehte Formulierung, die trotzdem Sinn machte. «Sie haben nicht einmal eine Wohnung.» - «Habe ich auch nicht.» Valentins Erwiderung kam schnell, als wolle auch er etwas von ihrem Mitgefühl erhaschen. Larissa glaubte ihm nicht. Stockend erzählte Valentin über die letzten Tage mit Irene. Als die Finger ihn berührten, zuckte er zusammen. Der Engel streichelte über die Innenfläche seiner Hand und alle Finger. Valentin hatte das Gefühl, als würde sie Nerven an ihm wekken, die seit Jahren stillgelegt waren. «Hast du mit deiner Frau zusammengewohnt?» - «Sie war nicht meine Frau. Das heißt, wir waren nicht verheiratet.»

Valentin suchte im Handschuhfach nach etwas Eßbarem. Er wurde den Verdacht nicht los, daß die Stadtstreicher vorhin den Liebesakt belauscht haben könnten.

«Es ist schön, wegen einer Frau alles aufzugeben» behauptete Larissa. «Alles?» - «Aber ja. Das ist Liebe. Deswegen leben wir.» - «Um obdachlos zu werden?» - «Wegen Liebe. Wer nicht liebt, der ist tot.» - «Na, dann warst du ja sehr lebendig in den letzten Monaten.» Als Valentin in ihr Gesicht sah, hätte er sich vor Scham einen Finger abschneiden können.

«Entschuldige», sagte er und wollte über ihre Wange streichen. Aber Larissa wich ihm aus. «Das ist mir so rausgerutscht. Sowas passiert mir öfter. Ist wie Durchfall. Ich kann die Wörter dann einfach nicht mehr halten. Es tut mir leid. So sind deutsche Männer. Dumm, aber herzlich.»

So brachte er sie zum Lachen. Es war ihm wichtig, daß sie nicht sauer auf ihn war. Larissa hatte ein Gesicht, das nicht weinen durfte. Jeder, der mit ihr zu tun hatte, übernahm die Verpflichtung, sie nie unglücklich zu machen. Er fand dann noch eine Coladose, die sie gemeinsam leerten, und Larissa begann zu erzählen:

«Zuerst haben sie mich gezwungen. Der Wiener hat gedroht, und Blini ist noch viel schlimmer.» - «Ist Blini ein Mensch oder ein Cocktail?» - «Blini kriegt immer, was er will.» - «Ist er der Chef von der Bar?» - «Der Wiener ist der Chef. Aber Blini ist mächtiger.» - «Russe?» Sie nickte. «Blini weiß, daß ich nicht zurück wollte. Wir wollen alle nicht zurück – am Anfang. Ich habe eine Freundin, sie ist seit zwei Jahren hier.» - «Ist sie auch eine ... ich meine ...?» - «Sie liebt Männer für Geld. Das ist ein Job. Du fährst Auto für Geld. Das ist nichts Schlechtes, das ist ...» Valentin versicherte ihr, daß Taxifahren und Prostitution auf den ersten Blick nicht zu unterscheiden waren. Larissa blickte ihn mißtrauisch an, und er liebte auch diese Version ihres Gesichts. Es war das Zusammenspiel aus Jugend und naiver Zielstrebigkeit. All dies zusammen schlug ihn in den Bann. «Sie haben gesagt, nur ein paar Wochen. Dann haben sie gesagt, nur ein paar Tage. Dann wieder ein paar Wochen und ... du mußt das verstehen ... ich habe ein Zimmer, ich habe zu essen, und ich kann Geld sparen.» - «Wo ist das Geld?» - «Das hat der Wiener. Er sagt, er kennt eine Stelle, wo das Geld viele Junge kriegt.» - «Oh, Larissa.» - «Und einmal war ich in der Oper», rief sie und umfaßte begeistert seine Hand, drückte sie an ihre Wange und sagte träumerisch: «Da war eine Harfe. Ich habe die Augen zugemacht und habe mir vorgestellt, daß ich die Harfe spiele. Ich weiß, daß ich es schaffen werde ... eines Tages.» Sie stieß Valentins Hand zurück. «Aber erst muß ich nach Moskau. Dort wartet mein ... meine Familie.» Bei den Stadtstreichern begann ein Mann zu singen. Valentin startete den Motor.

Er setzte Larissa in einem der Lokale ab, die 24 Stunden am Tag geöffnet haben. Als sie ihn zum Abschied auf beide Wangen küßte, wurde es im Lokal totenstill. «Das sind alles meine Freunde», log Valentin und wies auf die Taxifahrer an den Tischen. «Du verläßt nicht den Raum. Haben wir uns verstanden?» Larissa blickte ihn an. Das letzte, was Valentin sah, war Larissas Gestalt hinter der erleuchteten Scheibe des Lokals. ►►►

5

Die Adresse, die ihm der irdische Engel der Liebe als Anschrift genannt hatte, fand Valentin sofort. Er kannte diese schäbigen Schaufenster mit vergammelten Champagnerflaschen, umgekippten Gläsern und schlecht belichteten Fotografien. Nebenan war ein türkischer Imbiß, ein Elektrotrödler, ein Änderungsschneider. Die « Balalaika-Bar » und das angeschlossene Hotel hatten schon bessere Tage gesehen. Er stellte seinen Wagen ein paar Blocks weiter ab und ging zu Hausnummer 18 zurück.
Valentin öffnete die Tür zur Bar und trat aus der Nacht ins Dunkel. Seine Augen brauchten einen Augenblick, um Umrisse zu erkennen. Links ein Tresen, rechts Nischen mit kleinen Tischen, darüber die mit Leuchtfarbe und Glitzer gemalte Kulisse einer Basilika. Es waren nur Frauen im Lokal. Sie schienen auf Valentin gewartet zu haben, denn kaum stand er vor dem Tresen, lächelten sechs Augenpaare ihn an. Valentins Kehle wurde trocken. « Na Kleiner, worauf hast du Appetit ? » fragte ein glänzendglattes Latexkleid und schnurrte auf ihn zu. Valentin konnte gar nicht anders, als ein Bier zu bestellen. Die Rothaarige hinter der Bar trug eine Rotarmistenjacke, sonst nichts. Sie stellte das Getränk mit schmachtenden Blick vor ihn und fragte : « Was können wir sonst für dich tun, Towarisch ? » Valentin nahm einen Schluck und seinen Mut zusammen : « Ich würde gern Nina sprechen. » - « Nina ist im Moment beschäftigt. Aber die anderen sind auch nicht ohne. » Valentin schüttelte den Kopf. Ohne zu fragen, griff die Rote, die als Ohrringe zwei Leninorden trug, zur Wodkaflasche und schenkte ihm ein Glas voll. « Auf Kosten des Kreml », sagte sie lächelnd, « du wirst Stärkung brauchen. »
Valentin wartete zwei Bier und einen vierfachen Wodka lang. Ein Mann im Pelz mit roter Weihnachtsmannmütze erschien im Lokal, machte Witze über volle Säcke und stramme Ruten, trug unter dem einen Arm einen Weihnachtsbaum, unter dem anderen einen Haufen eingewickelter Geschenke. Valentin fühlte im Zwerchfell, mit dem Mann kürzlich etwas zu tun gehabt zu haben. Er trank einen Schluck gegen das Gefühl. Die Frauen umringten den Neuankömmling. Er orderte Sekt, und die Damen errichteten eifrig so etwas wie einen weihnachtlichen Gabentisch. Die Stimmung stieg, und der Mann, den die Frauen « Wiener » nannten, betatschte sie, als wolle er sie auf Vollständigkeit kontrollieren. Valentin blieb auf seinem Hocker am Tresen und wartete.
Dann ging im hinteren Teil eine Tür auf, und es erschien Nina. Sie war nur einen halben Kopf größer als Valentin, aber sie war doppelt so breit wie der schlanke Philosoph und hatte einen Busen, in dessen Bucht die gesamte deutsche Fischereiflotte paßte. Sie begrüßte den Wiener, wurde aber gleich an Valentin weitergereicht. Es war, als stünde Afrika persön-

lich vor ihm. Die Rotarmistin deutete auf den Gast: «Da ist ein junger Mann mit einem Dritte-Welt-Problem.» Die schwarze Frau trug ein wallendes großgemustertes Kleid.

«Na, kleiner weißer Mann, du möchtest also Elefantenreiten?» Valentin schüttelte den Kopf. Er hatte das Gefühl, als würde die Bar gleich im Glanz seines knallroten Kopfes erleuchten. «Na nicht so schüchtern, wo ist denn der Krisenherd?» - «Es ist nicht das, was Sie meinen. Ich...» Die schwarze Frau lächelte und drückte ihm einen Finger auf die Lippen. «Aber weißer Mann, seit wann so schüchtern? Du hast auf mich gewartet, du sollst belohnt werden.» Die Hitze ihres Körpers schien den Schweiß auf seiner Stirn zu trocknen.

«Ich soll von Larissa grüßen», er räusperte sich. «Oh, das ist schön. Wo ist mein blonder Engel?» antwortete Afrika und rollte mit den Augen. «Das kann ich nicht sagen, aber ich muß mit Ihnen reden.» - «Sicher, weißer Mann. Reden und alles weitere machen wir am besten auf dem Zimmer.» Valentin nickte erleichtert, und Nina erläuterte ihm die Preisliste. «Das Zimmer kostet 80 Mark, und ich mache es dir für 200. Aber nur, weil Larissa dich schickt.» Valentin betonte noch einmal, daß er es so nicht gemeint habe, aber Nina packte seine Hand und zog ihn wie einen Müllsack hinter sich her.

«Hoch die internationale Solidarität» und «Weihnachten ist das Fest der Liebe» riefen die Mädchen. Valentin stieg hinter Nina eine enge Treppe hoch, die Augen in Höhe ihres enormen Hinterteils. Er löhnte bei einem schmierigen Typen, der in einer Küche saß, über deren Tür «Rezeption» stand, bog um ein, zwei Ecken und stand plötzlich mit der fremden Frau vor einem breiten Bett. Geschwind wickelte sie sich aus ihrem Gewand und stand in rotem Büstenhalter und gleichfarbigem Slip vor ihm. Valentin wurde schwindlig. «Wasch dich» sagte Nina und deutete auf das kleine Waschbecken. «Soll ich dir helfen?» Valentin hielt sich an seinem geschlossenen Hosenbund fest wie an einem Rettungsring. «Ich komme tatsächlich von Larissa und will gar nicht, was du denkst.» Nina runzelte die Stirn.

«Sonderwünsche kosten natürlich extra.» - «Nein, ich bin ein... äh... Freund... von Larissa. Sie will nach Moskau und braucht ihren Paß.» Die Miene der Frau blieb finster. «Der Engel geht also stiften. Und was willst du dann von mir?» - «Du sollst mir helfen, ihren Paß aus dem Büro zu holen.» - «Schläfst du mit ihr?» - «Ja, nein. Ich weiß nicht, was... äh...» - «Liebst du sie?» Nina sah ihn durchdringend an, zwei Jahre nach dem Examen steckte Valentin wieder in einer Prüfung. «Ich weiß noch nicht, ja, möglicherweise.» – «Gut», sagte die schwarze Frau, «zieh dich aus.» ►►►

6

Valentin war nicht prüde. Er war jahrelang in die Sauna gegangen, als er sich das Vergnügen noch finanziell leisten konnte. Und nach Fußball und Hockey hatte er im Kreis der Mitspieler nackt geduscht. Valentin wußte, was einem nackten Mann widerfahren konnte – aber er war sicher, daß Nina ihm all die Dinge antun würde, die er bisher nicht einmal in einschlägigen Filmen und Bildbänden gesehen hatte. «Ich glaube, ich möchte lieber angezogen bleiben», sagte er tapfer. «Ach, du bist doch ein dummer Mann», fauchte Nina und warf sich auf ihn. Valentin japste, als sie ihm die Luft aus den Lungen drückte. «Du darfst nichts anhaben. Dann hast du eine gute Ausrede», sagte Nina. Während Valentin versuchte, mit zwei Händen die attackierenden Krakenarme von seiner Hose fernzuhalten, fragte er atemlos: «Warum denn bloß, um Gottes willen?» - «Ich zeige dir den Weg ins Büro. Es ist nicht gefährlich, aber wenn sie dich erwischen, sagst du, du hast die Tür verwechselt.» - «Das ist doch eine dumme Ausrede.» Nina stemmte die Hände in die Hüften und sagte lachend: «Was meinst du, wie oft deutsche Männer die Eingänge verwechseln?» Während Valentin sein Hemd aufknöpfte, fragte er: «Warum gehst du nicht selbst?» - «Das ist meine Heimat, Schatz.» - «Sag bloß, dir gefällt es hier?» - «Ich bin der Star in diesem Laden. Nina ist die erste Marktlücke, die sich selbst schließt.» - «Verstehe. Und Larissa hat eine andere Lücke ausgefüllt.» - «Richtig, mein Kleiner. Der eine will seine Mutti, der andere möchte endlich einmal mit kleinen Mädchen. Wird das noch mal was mit dir?» Als Valentin in Unterhosen und Socken vor ihr stand, fürchtete er sich vor Ninas erstem Satz. «Na bitte», sagte sie. Bevor Valentin es hätte verhindern können, wurde er Gegenstand eines prüfenden Griffs. Dann trat Nina an die Tür. Bevor sie öffnete, sagte sie: «Wehe, wenn du Larissa weh tust. Dann werde ich dir auch weh tun.» Endlich zeigte sie ihm den Weg. Das Büro des Geschäftsführers lag am Ende des Gangs. Nina gab Valentin einen aufmunternden Klaps auf den Hintern. Der Schlag hätte kleinen Wirbeltieren das Genick gebrochen.

Valentin stand auf einem Flur, der mit Teppichboden ausgelegt war. An den Wänden zog sich bis Schulterhöhe eine Mahagoni-Imitation entlang, darüber eine Tapete mit Streublümchen. Die Wandlampen trugen lustige kleine Schirmchen. Am Ende des Flurs war ein Fenster, sie hatten einen Lichterkranz ans Glas gehängt. Der Gang selbst war lang, rechts vier Türen, links vier Türen.

«Was machst du hier?» fragte Valentin und blickte mutlos an sich herunter. Nichts von dem, was nun nackt war, hatte Larissa bisher an ihm kennengelernt. Unten in der Bar spielte laute Musik. Der Boden vibrierte von den Baßtönen. Plötzlich ein Geräusch hinter ihm, Valentins Herz machte einen Sprung. «Festgewachsen?» fragte Nina kiebig. «Ich gehe wieder runter. Wer bezahlt mir denn den Umsatzausfall?» Eine Sperre in Valentins Bewußtsein verbot ihm, sich einen Sexualakt mit Nina vorzustellen. Die üppige Hure verschwand Richtung Treppe und wurde unten von johlenden Männerstimmen in Empfang genommen. Valentin lauschte an den ersten Türen rechts und links. Dann die nächsten Türen, die rechte war verschlossen, die linke nicht. Durch den Spalt sah er die Frau. Sie saß auf dem Bett, trug rote Unterwäsche. In der Hand hielt sie eine Rute, vor dem Bett stand der Mann. Er war nackt, schwammig, erschreckend blaß. Er wienerte die roten Nikolaus-Stiefel der Frau mit einer Hingabe, die Valentin schwachsinnig vorkam. Er schloß die Tür, er hatte vergessen, welche Tür ihm Nina genannt hatte. Ein Messingschild: «Privat». Valentin war sicher, daß diese Tür abgeschlossen sein *mußte*. Dann stand er im Büro. Am schlimmsten war die Stille. Valentin mußte achtmal zugreifen, dann hatte er alle Bilder abgehängt, um dahinter nach dem Tresor zu suchen. Er fand nichts, weil der Tresor auf dem Fußboden stand, nur von einem Blinden zu übersehen.

«Voll Profi», höhnte Valentin. Weil er die Kombination nicht kannte, sah er schwarz. Er riskierte einen zweiten Blick, im Schloß steckte ein Schlüssel. Bevor er sich bückte, stand er auf und schaute hinter die bodenlangen Vorhänge.

Im Tresor lag eine Menge Papiere. Unterlagen eines gastronomischen Betriebs: Lieferscheine, Quittungen, Kostenvoranschläge von Handwerkern, Schriftverkehr mit dem Steuerberater, Schreiben des Finanzamts. Nichts deutete darauf hin, daß Valentin sich in einem Bordell befand. Das machte ihn wütend, er wollte Zeichen von moralischer Verwahrlosung und Degeneration entdecken. Alles, was er entdeckte, war ein Adventskalender auf dem Schreibtisch neben Bildern in silbernem Rahmen: ein altes Paar, eine attraktive Blondine mit attraktivem Langhaarhund vor einem Meer, an dem Palmen wuchsen.

Der Schreibtisch war das letzte, was Valentin durchsuchte. Daneben stand ein Container, den er erst spät wahrnahm. Der Container enthielt zwei Hängeregistraturen. Unter dem Plastik der Reiter Frauennamen: Jasmin, Mona, Nina-Marie, Larissa, Elzbieta.

«Larissa!» Valentins Herz pumpte im Galopp. Porträtfotos, ein Schulzeugnis, ein zerlumpter Lappen, aber kein Paß. Fluchend blätterte er die wenigen Schriftstücke durch, bevor ihm das Licht aufging. Der Lappen war Larissas Paß. Glücklich hielt Valentin seinen Fund in die Höhe, dann küßte er das Dokument. Dann küßte der Schlagring seinen Hinterkopf. Valentin sah nicht einmal Sterne. Er stürzte in den schwarzen Schacht und schlug hart auf. ►►►

7

Die himmlischen Heerscharen tanzten Ringelreihen. Valentin wachte auf, und ihm war immer noch schwarz vor Augen. Sein Hinterkopf schmerzte. Er wollte die Binde von den Augen nehmen, aber seine Hände waren zusammengebunden. Er wollte aufstehen, aber die Füße waren mit Händen und Hals durch eine Kette verbunden. Er saß auf einem Stuhl, er war nackt. Nietenbeschlagenes Ledergeschirr fixierte seinen Körper. Leise drangen Weihnachtslieder und Frauenlachen an sein Ohr. Eine Tür ging auf. «Isser wach?» Valentin glaubte die Stimme von dem Mann in der Bar wiederzuerkennen. Dann eine Frauenstimme: «Scheint so, wenigstens bewegt er sich.» Jemand trat gegen den Stuhl. «Eh, Alter, wer bist du?» Valentin antwortete: «Wo bin ich?» - «Na im Paradies, wo denn sonst?» Der Mann lachte und riß Valentins Kopf hoch. Jemand preßte einen Flaschenhals zwischen seine Zähne. Eine beißend scharfe Flüssigkeit füllte Mund und Nase. «Sollst auch nicht leben wie ein Hund», sagte die Männerstimme über ihm. «Feines Wässerchen aus Rußland. Ich bin der Nikolaus, und hier ist mein Sack.» Ein Kartoffelsack wurde Valentin über Kopf und Oberkörper gezogen. Dann fühlte er, wie jemand seine Fußfesseln löste. «Komm, du Sack, wir machen eine kleine Schlittenfahrt.» Valentin stolperte einen Gang entlang, Stufen hinunter, eine Tür – plötzlich wurde ihm kalt. Er stand im Freien. Ein Sack auf Beinen. Eine feste Hand schob ihn auf den Rücksitz eines Autos, zwei Personen stiegen mit ihm ein.
«Wiener, du hast gesagt, bei der Feier keine Freier», maulte eine weibliche Stimme. «Weihnachten ist Weihnachten. Geschäft ist Geschäft. Und bei uns ist Weihnachten Geschäft.»
Der Fahrer hetzte den Jaguar durch St. Pauli Richtung Elbbrücken.
«Und dann auch noch ein Perverser.» - «Maul nicht rum, Herta. Der ist eben erst glücklich, wenn du ihn mit der Rute durchprügelst. Danach bekommst du auch deine Geschenke.» - «Ehrlich? Was ist es denn?»
Valentin hörte den Mann flüstern, Herta kicherte: «Du Sau.»
Die Fahrt endete auf einem Parkplatz im Stadtteil Billbrook. Der Mann zerrte Valentin ins Freie und schubste ihn ein paar Schritte vom Wagen weg. Valentin mußte sich hinknien. Sein Entführer grinste. Es war der Mann, den die Frauen in der Bar «Wiener» genannt hatten. Es war der Jaguar, der ihn verfolgt hatte. Es war der Mann, der auf ihn geschossen hatte. Es war der Mann, vor dem Larissa geflüchtet war. Ein großer, schwerer Mann in dunklem Anzug mit offenem Hemd und Goldkettchen, die lockigen Haare vorne kurz und im Nacken voll. Auf dem Kopf trug er eine rote Zipfelmütze, wie sie in der Weihnachtszeit auf der Straße angeboten wurden. Valentin senkte den Blick. Es war kalt, er war nackt. Hinter dem Mann tauchte ein roter Kapuzenmantel mit wei-

ßer Plüschkante auf. In dem Mantel steckte eine Frau, in der rechten Hand hielt sie eine Peitsche.
«Das ist Frau Ruprecht.» Der Wiener deutete auf die Frau. «Und das ist ihre Rute.» Er deutete auf die siebenschwänzige Katze, die sie in der Hand schwang. «Böse Kinder bekommen etwas mit der Rute.» Die Frau holte aus, Valentin schrie auf. Es brannte, aber nicht so sehr, daß er vor Schmerzen schreien mußte. Nach dem siebten Hieb machte die Peitsche Pause. Der Wiener beugte sich zu ihm hinunter:
«Hör gut zu, Alter. Ich laß mich nicht verarschen. Wenn du das Russenhuhn haben willst, kostet das 50000 Eier auf den Tisch des Hauses. Oder das Huhn ist morgen wieder in der Bar. Unbeschädigt. Verstanden? Wenn nicht...» Der Mann nickte Frau Ruprecht zu, die Rute sauste, nun wesentlich härter, auf Valentins Schulter «... dann spielen wir mit dir russisches Roulett. Und die da», er deutete auf die Frau, «Herta spielt mit dir Verlorene Eier.» Er lachte dreckig. Valentin hatte die ganze Zeit versucht, etwas zu sagen, aber er hatte seine Situation noch nicht begriffen, *Rute, Russenhuhn, Tisch des Hauses, verlorene Eier*. Was wollte der Typ von ihm? Wieder stand Frau Ruprecht vor ihm. «Dem geht heute keiner mehr ab», sagte sie mit Kennerblick auf den zitternden Valentin. «Bist du sicher, daß er ein Maso ist?» - «Nö», sagte der Wiener gutgelaunt, «aber die Erfahrung muß er machen, aus erzieherischen Gründen.» Sie betrachteten ihr Opfer. «Was meinst du, soll er noch ein Gedicht aufsagen?» - «O ja», kicherte Herta. «Hast du gehört, Lude, wenn du keine Schläge mehr willst, sag deinen Spruch auf.
Aber wehe du stotterst rum. Fang an.»
Valentin spürte die Peitsche im Nacken und langsam begann er:
«Von drauß vom Walde komm ich her; ich muß Euch sagen, es weihnachtet sehr! Allüberall auf den Tannenspitzen sah ich goldene Lichtlein sitzen...»
Valentin sprach in die Dunkelheit, er bemerkte nicht, wie seine Peiniger zum Wagen schlichen.
«... Alt' und Junge sollen nun von der Jagd des Lebens ruhn...»
Leise rollte der Jaguar über den Asphalt, Valentin sprach weiter. *«... so ist es recht; so geht mit Gott, mein treuer Knecht!»*
Der Wagen rollte auf ihn zu, das Fenster surrte herunter. «Ach übrigens, sag Larissa, daß ich eine Überraschung für sie habe. Ihr kleiner Sohn kommt morgen aus Moskau. Mit dem Flugzeug. Wenn sie Wert darauf legt, daß es dem Kind gut ergeht, sollte sie da sein. Frohes Fest auch noch.» Mit einem Satz war der Jaguar auf der Straße und verschwunden.
Valentin fror und murmelte sein Gedicht zu Ende:
«Sind's gute Kind, sind's böse Kind?» ▶ ▶ ▶

8

«Hier haben wir also Rußland. Nein, das nicht, Helfer. Das ist der Aktenschrank. Hier auf der Karte. Moskau und umzu.» - «Da im Süden gibt es auf einmal so viele kleine Staaten», sagte Helfer. «Und wie die heißen. Da weißt du nie, ob die in einer Operette vorkommen oder im richtigen Leben.»
Hauptkommissar Roland lehnte sich auf den Stock, mit dem er seinen Vortrag auf der Landkarte veranschaulicht hatte. Roland hatte auch einen Vornamen, aber mit dem hatte ihn schon lange niemand genannt.
«Merkt euch Georgien», forderte Roland seine beiden Zuhörer auf. «Und Kasachstan. Das sind die Drehscheiben, über die sie uns den Stoff reinschicken.» - «Früher war das viel einfacher», nölte Freund, der zweite Zivilfahnder. «Da gab es Kolumbien, und alles, was aus Kolumbien reinkam, hat so nach Stoff gerochen, daß du die Zollhunde von der Decke kratzen mußtest. Aber jetzt bombardieren sie uns auch aus dem Osten. Das finde ich unfair.» - «So spielt das Leben», behauptete Kommissar Roland. «Keiner wünscht sich den Eisernen Vorhang zurück.» Er bemühte sich, die Gesichter seiner Mitarbeiter zu ignorieren. «Unser Informant hat uns eine präzise Beschreibung gegeben. Der Kurier sitzt im Lufthansa-Flug, der morgen um 13 Uhr 50 in Fuhlsbüttel landet. Der Airbus fliegt ab Moskau zwei Stunden, nachdem dort eine Maschine aus Tiflis gelandet ist. Das macht den Tip noch glaubhafter. Ja, Helfer?» - «Mit wie vielen Leuten findet der Zugriff statt?» - «Mit dreien.» - «Wie bitte?» - «Mit dreien. Sie, Freund und meine Wenigkeit. Kollege Wassilow aus Moskau wird so freundlich sein und uns mitteilen, ob und wann der Kurier die Maschine betreten hat. Wenn sein Anruf kommt, ist die Sache wasserdicht. Wozu soll ich eine Hundertschaft postieren? Sollen lieber ihre Weihnachtseinkäufe erledigen. Obwohl ich ja nicht verstehe, warum sich die Menschen den Streß jedes Jahr aufs neue antun.» - «Och, ich finde Weihnachten gar nicht so übel.» Roland starrte Freund an. Er konnte sich nicht erinnern, jemals eine auch nur ähnlich private Bemerkung des wortkargen Fahnders gehört zu haben. «Okay», sagte Roland dann, «die Weihnachtsfeier steht uns natürlich auch noch ins Haus wie jedes Jahr. Da müssen wir durch. Aber vorher wollen wir noch etwas arbeiten. Wenn ich kurz zusammenfassen darf...» Roland faßte für sein Leben gern zusammen. «Der Kurier hat die Taschen voller Stoff, mit dem er die gute Qualität seiner Ware beweisen will. Hohe Qualität sichert hohe Preise. Das ist wie in der Wirtschaft. Nur leider nicht wie in der Bezahlung der Polizei.»

Er gab Freund und Helfer Gelegenheit, über seine Bemerkung zu schmunzeln. Freund und Helfer galten als die zähesten Verfolger weit und breit. Sie waren in der Lage, lange nicht zu essen und zu trinken; wenn sie an einer Zielperson dran waren, suchten sie keine Toilette auf oder nur dann, wenn die Zielperson eine aufsuchte. Beide kamen tagelang ohne Schlaf aus. Roland war froh, solche Mitarbeiter zu haben. Aber ein wenig fürchtete er sich auch vor ihnen.

«Der Mann, den wir ‹Kurier› nennen, meine Herren, ist in der Lage, uns viel zu erzählen, und ich habe verdammt noch mal vor, ihn ausführlich zu befragen. Stehen die Dolmetscher bereit? Fein. Wir nehmen den Kurier also auf dem Flughafen unter unsere Fittiche und verfolgen ihn in die Stadt. Zwei Wagen sind angefordert, die bei Bedarf übernehmen.» - «Und was ist, wenn der Kurier sich schon auf dem Flughafen mit jemandem trifft?» - «Gute Frage, Freund. Dann entscheide ich nach Lage der Dinge. Sensibel und taktisch, wie es meine Art ist.» - «Hat das Kind auch einen Namen?» fragte Helfer. «Logisch. Wie gefällt euch ‹Schöne Bescherung›?» Beide Fahnder schwiegen, Roland haßte sie für diese Form, Mißbilligung auszudrücken. «Früher oder später wird der Kurier auf diesem Stuhl hier sitzen. Und das wird er so lange tun, bis er gesagt hat, was ich hören will.» - «Die Leute aus dem Osten sind zäh», warf Freund ein. «Das bin ich auch.» - «Aber in ein paar Tagen ist Weihnachten.» - «Ja und? Soll ich dann unterbrechen, obwohl ich ihn kurz davor habe?» - «Bedeutet Ihnen Weihnachten denn gar nichts?» - «Doch natürlich. Viel essen, viel furzen, und wenn du Familie hast, ist es besser, du bist nicht zu Hause. Das bedeutet für mich Weihnachten.»

Roland dachte nicht daran, ihnen von dem zusammenklappbaren Weihnachtsbaum zu erzählen, den er sich vor zwei Jahren angeschafft hatte. Nadelte nicht, fing kein Feuer, nahm wenig Platz weg, und die Lichterkette ließ sich problemlos in die Zweige einklinken. An Weihnachten meldete sich Roland freiwillig zum Dienst. Einmal hatte er Weihnachten zu Hause verbringen müssen und gelitten wie ein Tier.

Der Kommissar trat ans Fenster. Vom achten Stock hatte man eine phantastische Sicht über die Stadt. Es hatte geregnet, aber jetzt war der Himmel klar und die Sicht leidlich. Ein Flugzeug schwebte Richtung Fuhlsbüttel. Roland fiel eine Geschichte aus seiner Kindheit ein. Es war da um einen Stern gegangen, den ein paar Bürger am Himmel gesehen haben wollten. Den Stern von Bethlehem. Den genauen Tathergang hatte er vergessen.

«Wir hätten unsere Aktion natürlich auch ‹Stern› nennen können», murmelte er. «‹Stern von Bethlehem›.» ▶▶▶

9

Auf dem Porzellanteller quetschten sich fünf Teebeutel, in jedem steckte eine Zigarettenkippe. Die Bedienung hinter dem Tresen sah schon wieder zur Uhr. Jedesmal wenn die Tür aufging, schrak Larissa auf. Jeden Augenblick konnte sich ihr Leben ändern. Entweder Valentin kam, und alles würde gut werden, oder der Wiener kam, und alles wäre vorbei. Larissa fror vor Ungewißheit. Dieser merkwürdige Taxifahrer. Er war so ganz anders als die Männer, die sie kannte. Sie ging zum Tresen. Die Bedienung deutete zur Toilette und gab ihr wortlos zwei Fünfzigpfennigstücke. Larissa rief die Taxizentrale an.
«Ich möchte Wagen 235.»
«Den möchten wir auch gerne. Höhöhö. Hat sich nicht abgemeldet und antwortet nicht.» Die Stimme der Taxizentrale hörte sich genervt an.
«Können Sie mir denn sagen, wo er wohnt? Ich muß dringend mit ihm reden.» Larissa sprach langsam und legte auf jedes Wort besondere Betonung. Die Taxistimme lachte. «Der Philosoph und wohnen? Höhöhö. Der wohnt in seiner Tonne. Das ist sein Zuhause. Fester Wohnsitz Taxi. Höhöhö.» Larissa wußte nicht weiter. «Sie können es ja mal bei seiner Ex versuchen. Aber wir haben noch ein paar Dutzend andere Wagen. Alle in einem schicken Beige. Wenn Sie wollen, fahren die Sie überall hin. Höhöhö.»
Larissa hängte auf. Sie ging zum Tresen, bezahlte ihren Tee und verließ das Lokal. Die Bedienung sah ihr nach und zündete sich eine Zigarette an.
Zwei Weihnachtsmänner trompeteten vor einem Kaufhaus ein Weihnachtslied. Tausende Lichter hingen an langen Schnüren über der Straße, Kerzenlampen erzeugten die Illusion von Wärme und Geborgenheit. Larissa fühlte sich elend und verlassen. Wo sollte sie suchen, wo sollte sie hin? Sie lief durch Kaufhäuser, Passagen, Straßen. Irgendwann stand sie vor einer Kirche. Die Tür öffnete sich, eine Frau kam heraus. Larissa ging hinein. Es war ein hoher Bau mit schmalen, spitz zulaufenden Glasfenstern. Sie war größer als die Kirchen, die sie aus Moskau kannte. Und sie war kahl. Keine Bilder, keine Ikonen an den Wänden. In der Mitte ein Gang zum Altar, rechts und links davon Holzbänke zum Sitzen. Auch das war Larissa fremd. Vorn am Altar wurde gezimmert und gerufen, Kinder und Erwachsene liefen durcheinander. Ein Mann auf einer Leiter versuchte, einen Stern an einem Seil aufzuhängen, während eine Frau ihn mit weitausholenden Bewegungen dirigierte. «Weiter links, höher, etwas rechts. Verdammt noch mal rechts habe ich gesagt.» Kinder umdrängten die Frau, sie trugen Kostüme von Königen oder Engeln.

«Kommen die Heiligen Drei Könige vor dem Erzengel oder hinterher?» - «Und wenn ich meinen Text vergesse, kriege ich dann trotzdem Geschenke?» - «Warum überreichen sie Myrrhe? Kein Mensch weiß, was das ist. Könnten dem Baby doch ein Nintendo mitbringen.» - «Game Gear ist besser.» Kurz darauf verfolgte Balthasar den Erzengel mit seinem Krückstock, und die kleine Maria weinte vor Aufregung. «Wenn ihr nicht sofort damit aufhört, werde ich sauer.» Die vielleicht 30jährige Frau brüllte hinter den Kindern her, die darauf keinen Moment ihre Schritte zügelten. Gerührt sah Larissa den Kindern zu. Ihr Wanja war im gleichen Alter. Sie war allein in Hamburg und er allein in Moskau. Sie wischte sich eine Träne aus den Augen. Einige Musiker hatten ihre Instrumente ausgepackt und stimmten sie nun. Die Geiger strichen den richtigen Ton suchend ihren Bogen. Ein Klagen wie von Katzen erhob sich im Raum. Einige Kinder griffen die Töne auf und liefen mit ausgebreiteten Armen jaulend durch die Kirche. Die Frau vorn klatschte in die Hände. «So, nun wollen wir beginnen. Alle auf ihre Plätze.»

Die ersten Lebewesen, die Valentin in seiner mißlichen Lage entdeckten, waren zwei Katzen. Sie schlichen um ihn herum. Kein Auto, kein Passant verirrte sich in diese Gegend. Er hockte unter dem Dach einer verlassenen Tankstelle, die Zapfsäulen waren abmontiert, die Leuchtreklame zerschossen, und im Kassenraum hatte jemand die große Scheibe mit einem Stein eingeschlagen. Er würde hier elendig verfrieren, verhusten, verschnupfen. Unter Mühen erhob er sich und wankte auf die Ruinen zu. Er brauchte etwas, das ihn bedecken konnte. Danach wollte er seine Fesseln loswerden, dann etwas trinken und dann ... Er kam nicht weit. Immer mehr Katzen umstrichen ihn. *Ich könnte ihnen das Fell über die Ohren ziehen und daraus eine Rheumadecke machen.*
«Ist es für einen solchen Aufzug nicht ein wenig zu kalt, junger Mann?» Eine Stimme und ein Schlurfen waren plötzlich neben ihm. Dann wurde eine Decke über seine Schultern gelegt. Die alte Frau besah sich den merkwürdigen Mann von oben bis unten mit großer Ausführlichkeit. Valentin war es sehr peinlich. Die Frau führte ihn in eine der ehemaligen Garagen. Sie reichte ihm eine Flasche Korn und machte sich dann mit einer Zange an seinem Keuschheitsgürtel zu schaffen. «Was waren denn das für Typen? Freunde?» Valentin nahm einen Schluck, ihm wurde warm. Er blickte in den Himmel. Am sternlosen Firmament zog ein blinkender heller Stern vorbei. Er besaß eine relativ hohe Geschwindigkeit. Valentin kniff die Augen zusammen. *Wie schön. Der Stern von Bethlehem.* ▶ ▶ ▶

10

Das erstaunlichste an diesem Friseur war die Tatsache, daß der Eintritt kein Geld kostete. Auch Kaffee und Tee waren gratis, desgleichen das Lächeln der Friseusen. Nina wußte trotzdem nicht, was zu dem grotesken Preis auf der Rechnung geführt hatte. Vielleicht war es das Vorrecht, sich die Haare im Sitzen machen lassen zu dürfen. Sicher war es die körperliche Anwesenheit von Jean-Jacques. Jean-Jacques hieß natürlich nicht so, aber er hatte den Zeitpunkt verpaßt, sich zu seinem ordinären Namen zu bekennen.

Nina war der Preis egal. Sie besaß genug Geld, und einmal pro Woche leistete sie sich einen Besuch beim ersten Friseur der Stadt. Zwar verwaltete der Wiener auch ihr Geld, aber Ninas Taschengeld war zehnmal so hoch wie das der anderen Mädchen. Der Wiener wußte, was für ein Edelstein Nina war. In der Stadt saß ein Elektronikkonzern, der seine Geschäftsfreunde ausschließlich von Nina befriedigen ließ.

«Nina ist da», wisperten sich die Friseusen zu. Nina war die beliebteste Kundin, das lag nicht allein an der Höhe des Trinkgelds. Auch die Bürger- und Medienfrauen geizten nicht mit den Scheinen, aber Nina war darüber hinaus noch ein Mensch aus Fleisch und Blut, während die meisten Kundinnen aus pappiger brauner Haut, Lifting-Narben und knochigen Fingern bestanden. Außerdem erzählte von ihnen keine so saftig über ihre Berufspraxis. Alle wußten, daß Nina eine Hure war, denn Nina sprach nicht nur gern, sondern auch laut. Obwohl Jean-Jacques in den ersten Wochen den Verlust von zwei wichtigen Kundinnen beklagen mußte, hatte er davon Abstand genommen, Nina hinauszukomplimentieren. Denn die meisten Bürgerfrauen genossen Ninas One-Woman-Show, die sie jeden Donnerstag im Salon an der Außenalster abzog. Jean-Jacques hatte an keinem Wochentag so viele Terminwünsche, und nachdem er eine Stammkundin zweimal auf den Freitag legen mußte, hatte sie wutentbrannt ins Telefon gerufen: «Himmelherrgott, dann sorgen Sie eben dafür, daß die Negerin zweimal die Woche kommt.»

Heute war Donnerstag, und Nina berichtete in epischer Breite über den letzten Kunden der vorigen Nacht. Unter den Trockenhauben wurde diskret, aber herzlich gegluckst, und sofort war der gerade freigewordene Stuhl neben Nina wieder besetzt.

«Du?» Nina mäßigte ihre Lautstärke, als sie sah, wie eingeschüchtert Larissa wirkte. «Du hier? Ich denke, du bist geflitzt?» - «Ach, Nina», sagte Larissa unglücklich. «Ich weiß doch nicht, wohin.» - «Aber weil du weißt, wo du mich findest, bist du zur guten alten Mami gekommen.» Das Menschengebirge wuchtete sich aus seinem Stuhl und drückte Larissa rechts und links einen Schmatz auf die blassen Wangen. Dann sorgte Nina dafür, daß für ihre Freundin Kaffee und Häppchen herangeschafft wurden.

«Ich habe keinen Hunger», sagte Larissa. «Ich habe Angst.» - «Um dich?» - «Nein, um ihn.» - «Hast du etwa ...? Ist es dieser Taxifahrer, der seine Hosen nicht ausziehen wollte?» Sie sah Larissas entsetzten Blick und setzte hinzu: «Er war sehr tapfer. Ganz allein ins Büro vom Wiener. Leider ist er nicht zurückgekommen.» Larissas Augen wurden noch größer, und Nina sagte: «Der Wiener ist sehr böse auf dich. Und Blini erst recht.» - «Was haben sie mit Valentin gemacht?» - «Keine Ahnung. Aber er wird sich später nicht gern daran erinnern.»

Der Friseur Dieter offerierte einen Behandlungsvorschlag für Larissas Haare. Nina schnitt dem vorlauten Figaro das Wort ab und sagte zu Larissa: «Fühlst du dich stark, meine Liebe?» - «Wieso? Weißt du doch was? Sag mir alles, was du weißt.» - «Es geht nicht um den Taxifahrer. Es geht um ... Wanja.» Der Name wirkte auf Larissa wie ein Schock. Sie hatte bisher große Angst gehabt, jetzt aber war ihr der Boden unter den Füßen weggerissen worden. «Was ist mit Wanja? Sprich.» Nina lachte herzhaft. «Wanja geht es gut. Er ist auf dem Weg hierher. Zu seiner Mama.» - «Das ist nicht wahr. Das kann nicht sein. Er hat kein Geld.» - «Das Flugzeug landet um zehn vor zwei.» - «Woher weißt du das? Wer hat dir das gesagt? War es ...? Der Wiener», murmelte Larissa. «Sie haben meinen Wanja hergeholt, um mich ... o mein Gott. Es ist halb zwei.»

Larissa schoß aus dem Frisierstuhl hoch, bahnte sich rücksichtslos den Weg nach draußen, rempelte eine der hageren Kundinnen an, die in Jean-Jacques' Arme geschleudert wurde. «Wohin des Weges, kleines Fräulein?» rief Jean-Jacques. Larissa stürzte über den Bürgersteig an den Straßenrand und hielt verzweifelt nach einem gelbschwarzen Taxischild Ausschau. Vor Aufregung biß sie auf Lippen und Fingernägeln herum. Und dann kam ein Taxi, aber auf der falschen Straßenseite. Larissa stand auf der Fahrbahn, gestikulierte wild mit beiden Armen. Reifen quietschten, Münder verzogen sich zu unhörbaren Flüchen, und das Taxi vollführte auf der vierspurigen Straße eine verwegene 180-Grad-Wende. Der Wagen hielt neben Larissa, der Fahrer öffnete die vordere Tür, ein Arm langte heraus, packte Larissa roh am Gelenk. Sie schrie vor Schmerz und Überraschung, dann fand sie sich im Sitz wieder.

«Valentin!» - «Angenehm. Wenn du wüßtest, was ich alles er ...»

«Keine Zeit! Keine Zeit! Wir müssen sofort zum Flughafen.» - «Aber ...» - «Sofort!» Valentin schluckte, was er hatte sagen wollen, herunter. Dann schoß der Wagen davon. ►►►

11

Langsam zog der funkelnde Stern seine Bahn. Er steuerte auf den Flughafen zu. In dem Stern saß zwischen den Passagieren ein kleiner Junge mit einem Stoffbären auf dem Schoß. Das Flugzeug war vollbesetzt mit blassen Geschäftsleuten in dunklen Anzügen, Familien mit Großmutter, Großvater, Mutter und Kind. Der Junge reiste allein. Er war acht Jahre, trug ein kariertes Hemd und eine Strickjacke. Im Gepäckfach lag ein Anorak. Seine Haare waren kurz und etwas verschnitten, seine Augen leuchteten. Früher, als er noch klein gewesen war, wollte er Kosmonaut werden oder Offizier, aber das war vorbei. Er blickte auf die Stadt, die ihn mit unendlich vielen Lichtern begrüßte.
«Da unten ist Mamuschka», flüsterte Wanja seinem Teddy ins Ohr. «Da unten ist auch der Weihnachtsmann. Weißt du, was ein Weihnachtsmann ist? Ein Weihnachtsmann ist Väterchen Frost in einem roten Mantel. Er erfüllt alle Wünsche, du mußt nur ein Gedicht aufsagen. Ich habe alle Gedichte gelernt. Uns kann nichts passieren.» Die Stewardeß kontrollierte die Sitzgurte und lächelte mechanisch. Der kleine Junge strahlte sie an: *«Vom Himmel hoch, da komm ich her, ich bring euch gu-te neu-e Mär. Der gu-ten Mär bring ich so viel, da-von ich sin-gen und sa-gen will.»* Der Junge sprach langsam, betonte jedes Wort und sprach auch die Dehnungen der Vertonung mit. Außerdem rollte er das R. Die Stewardeß war gerührt und strich dem Kind übers Haar. Das Flugzeug ging in den Landeanflug.

«Woran erkennen wir denn nun die Zielperson?» fragte Polizeimeister Freund. Hauptkommissar Roland rollte mit den Augen. «Bin ich Jesus? Kann ich hellsehen? Unser Informant sagt, wir sollen auf einen Bären achten. Vermutlich meint er jemand in einem Pelzmantel. Wir müssen uns auf unsere Nase verlassen.» - «Ich habe Schnupfen», maulte PM Helfer und leckte das Zigarettenblättchen an.
Roland faßte zusammen: «Unser Informant sagt, daß die Person abgeholt wird. Vom Wiener. Ein alter Kunde von uns. Ihr erinnert euch.» Freund und Helfer nickten. «Jeder kennt seine Position. Die verläßt er nicht, bis ich das Zeichen gebe. Keine Extratouren, Männer.» Die Anzeigetafel meldete die Maschine als gelandet. Neben dem Namen *Moskau* blinkten zwei grüne Lichter. Roland gab dem Beamten an der Zollkontrolle ein Zeichen.
Der Wiener fluchte vor sich hin. Der Flugplatz war eine einzige Baustelle, nirgends ein Parkplatz zu finden. Neben ihm in Hut und engem Mantel

saß ungeduldig Stoij, sein Chef, den er heimlich Hefeküchlein nannte. Blini blickte auf seine Armbanduhr, sagte «Schnell, schnell» und machte eine Bewegung, als wolle er die Pferdestärken unter der Motorhaube antreiben. Genervt kurvte der Wiener zum dritten Mal am Ankunftsterminal vorbei. Plötzlich verließ direkt vor der Eingangstür ein Taxi die Parkbucht. «Da!» Blinis kurzer Zeigefinger schnellte hervor. Der Wiener trat auf die Bremse, wollte «Aber» sagen, denn es handelte sich ganz sicher um keinen Platz, an dem man einen Wagen sicher abstellt. Aber Blini öffnete bereits die Tür. Dem Wiener blieb nichts anderes übrig, als den Wagen halb auf dem Gehweg vor einer Tür zum Terminal abzustellen. Dann folgte er mit einigem Abstand dem flinken Mann Richtung Ankunftshalle.

Die ersten Passagiere sickerten durch die Zollkontrolle. Ein Mann mit sieben Fotoapparaten um den Hals diskutierte erregt mit dem Zöllner. Roland rollte hinter einem Pfeiler mit den Augen und hoffte, daß der Grenzer vor lauter Eifer nicht seinen Auftrag vergessen würde. Er beobachtete die Fluggäste am Rollband. Da waren Männer mit kleinen Aktenkoffern, die auf ihre Schalenkoffer warteten. Die Großfamilie sammelte diverse Teile ihres Hausrats vom Band und stapelte sie auf zwei Gepäckwagen. Da war niemand, der der Beschreibung nahekam. Außer vielleicht der Frau in dem Nerz, die nervös ihre Taschen zählte. Roland beschloß, die Frau im Auge zu behalten. Der Zöllner diskutierte immer noch mit dem Mann mit den Fotoapparaten. Freund und Helfer lungerten vor den Ausgängen herum wie zwei Mietwagenvertreter. Blini steuerte auf den Informationsschalter zu, fragte etwas und wurde zu einer Seitentür geleitet. Eine Stewardeß brachte ihn in einen Aufenthaltsraum und dort zu Wanja, der auf einer Bank saß und seinen Teddy drückte. Blini begrüßte Wanja mit vielen russischen Worten. Aber der fragte sofort: «Wo ist meine Mamuschka?» Blini lächelte vertrauenerweckend und antwortete, seine Mamuschka habe ihn geschickt, weil sie noch etwas für Weihnachten vorbereiten müsse. Er würde Wanja jetzt sofort zu seiner Mamuschka bringen. Die Stewardeß studierte Larissas Paß und die Vollmacht. Auch das Personal der Fluggesellschaft kontrollierte die Papiere, die Stewardeß verabschiedete sich von Wanja. Sie war nicht mehr gerührt. Blini nahm den Jungen an die Hand und verließ mit ihm den Raum.

Der Wiener spürte, als er das Terminal betrat, daß er beobachtet wurde. Er hielt nach ungeliebten Bekannten Ausschau. Richtig, am Zeitungsstand lungerte ein Ziviler rum. Den kannte er, der hatte ihm schon einmal Ärger gemacht. Der Zuhälter blieb in der Nähe des Ausgangs, immer die sichere Nähe der Tür im Rücken. ▶ ▶ ▶

12

«Fahr! Fahr! Fahr!» Larissa war außer sich vor Besorgnis. Mit beiden Händen krallte sie sich in Valentins rechten Arm. Valentin machte sich frei, redete beruhigend auf die Bebende ein. Aber seine Worte erreichten sie nicht. Auf der Ausfallstraße Richtung Flughafen kamen sie zügig voran.

Auf den Anfahrtsschleifen drängelten und quetschten sich die Autos, als wäre Weihnachten vorverlegt worden. «Weiter!» rief Larissa drängend. «Fahr an den Autos vorbei. Warum bist du so langsam?» Unter Umgehung der Paragraphen 1 ff der Straßenverkehrsordnung pumpte Valentin sein Gefährt vor die Tür des alten Terminals, sah im Rückspiegel, wie unverzüglich zwei Kollegen auf ihn zukamen. «Geh du schon vor», sagte er, «ich suche einen Platz zum Parken.» Larissa verließ den Wagen, dann klopften sie auch schon auf sein Dach. «Verrückt geworden, was?» sagte das erste Gesicht. Valentin seufzte und drehte die Scheibe herunter. Larissa war so schnell, daß sie beinahe gegen die gläsernen Türen geprallt wäre. «Immer mit der Ruhe, Madame», sagte ein älterer Fluggast und sah der Davoneilenden nach. Larissa lief, und weil sie so in Sorge war, lief sie immer dorthin, wo die meisten Menschen waren. Die meisten waren aber unterwegs zum Abflugterminal. Als Larissa einen unendlich langen Gang entlanggehetzt war, hielt sie verdutzt inne. Sie stand in einer Halle mit himmelhoher Konstruktion, auf der die Dächer zu schweben schienen. Hier hingen Sterne von der Decke, goldene Sterne, halbe Monde und lachende Sonnen. Niemand hatte einen Blick dafür, alle Menschen strebten auf Schalter zu, Larissa auch. Unter einer Anzeigetafel wollte plötzlich jemand ihre Bordkarte sehen. Sie rannte zurück, wollte hinunter. Sie stürmte auf eine Rolltreppe, prallte gegen die aufwärtsstrebenden Menschen. «Passen Sie doch auf!» rief ein Grauer und preßte seinen Laptop an die Brust wie ein Baby. Larissa rief «Hallo» und «heiß und fettig», wie sie es in der Bar von einer Frau gehört hatte, die volle Gläser mit Bier transportierte. Larissa schwitzte.

Sie erreichte das Ende des Förderbands und wäre beinahe gestrauchelt. Staunend starrte Larissa auf die unendliche Reihe von Läden, über denen Namen und Symbole in vielen Farben leuchteten. Und fast an jedem Shop stand ein kleiner Baum, der weihnachtlich geschmückt war. Um Larissa sprachen sie hundert Sprachen. So hatte sie sich die große Welt vorgestellt. Menschen in allen möglichen Bekleidungen liefen von irgendwo nach irgendwo. Der eine hatte es eilig, die beiden nahmen Abschied. Eine Mutter bändigte ihre Kinder.

«Entschuldigen Sie», sagte Larissa, «wo landet hier das Flugzeug?» - «Landet?» - «Das Flugzeug. Aus Moskau.» - «Fräuleinchen, ich bringe nur meine Mutter zum Flughafen, die will nämlich über die Festtage nach... Heh, was ist denn? Wo wollen Sie denn... Zicke!» Larissa rannte wie noch nie im Leben. Wanja kam, und sie war nicht da, um ihn zu empfangen. Das würde sie sich nie verzeihen. Sie wollte nicht, daß Wanja Angst haben mußte. Sie hatte kein Auge mehr für Sonnen und Monde. Sie nahm keine Rücksicht, fluchte auf russisch und bekam Flüche in acht Sprachen hinterhergeschickt. Sie irrte durch die Gänge, über Granit, an Schaltern vorbei.

Und dann stand sie plötzlich in der Sackgasse! Wie abgeschnitten das brodelnde Leben des Flughafens. Hier war kein Mensch, kein Schild wies ihr die Richtung. Larissa weinte vor Kummer. Sie eilte weiter. Da! Eine Treppe. Treppen mußten irgendwohin führen. Larissa hetzte hinauf, war oben, stand vor einer Panoramascheibe, sah hinaus aufs Flugfeld. Es war so riesig groß, reichte bis zum Horizont. Eine Maschine rollte am Fenster vorbei. Larissa lief weiter, plötzlich waren viele Symbole da, sie verstand sie alle nicht. Eine Frau mit Eimer und Schrubber kam ihr entgegen. Larissa bestürmte sie mit Fragen, die Frau zuckte mit den Schultern. Larissa lief weiter, rannte auf die Spaziergänger zu, die einen Regenschirm über der Schulter hatten. Aber der Regenschirm war eine Maschinenpistole, die Spaziergänger Polizisten, und sie trauten Larissa nicht. Je verzweifelter sie erklärte, desto mißtrauischer wurden sie. «Zeigen Sie mir Ihre Papiere!» sagte einer der beiden, und Larissa lief los. Ihre Lungen brannten, sie glaubte, Blut zu schmecken. Der nächste, den sie fragte, konnte helfen. Sie war dicht vor dem Ziel, der Mann brachte sie die letzten Meter.

Lufthansa-Flug aus Moskau war zehn Minuten vor der Zeit gelandet, die Passagiere hatten sich längst verlaufen.

«Ist er das?» fragte Larissas Wegweiser. «Wer?» - «Na, Ihr Liebster.» Es war nur noch ein Mann da. Er war etwa 60. Ein vornehmer Herr im Pelzmantel. Als er Larissa sah, hob er erwartungsvoll den Kopf. Sie lief automatisch wieder los und rief ihm schon von weitem auf russisch zu: «Haben Sie ihn mitgebracht?»

In diesem Moment stürzten drei Gestalten los. Der Mann wehrte sich nicht, aber für Larissa brauchten sie viel Kraft, bevor sie ihre Arme auf den Rücken gedreht hatten.

«Sauber, Männer», lobte Hauptkommissar Roland. Freund und Helfer hatten Larissas Speichel im Gesicht. «Das kommt Sie teuer zu stehen», sagte Roland mit staatstragender Stimme. Larissas Knie zuckte hoch, und Roland ging heulend in die Knie. ►►►

13

Wanja hielt seinen Teddy fest, so fest, wie der fremde Mann seine Hand hielt. Er wiederholte zum siebtenmal die Frage: «Wo ist meine Mamuschka?» Und der Mann, der immerzu lächelte, sagte: «Komm, Kleiner, ich bringe dich zu deiner Mamuschka.» Der Mann hatte Ähnlichkeit mit Onkel Grischa, den Wanja sein Leben lang nie auf Geburtstagen getroffen hatte. Onkel Grischa war eines Tages bei der Babuschka aufgetaucht und hatte Grüße von der Mama ausgerichtet. Geschenke hatte er auch mitgebracht. Ein Paket Kaffee, eine Schachtel Pralinen und für Wanja ein Snickers und eine Tüte Schokoladennüsse. Wanja hatte lange mit sich gerungen, was er zuerst essen sollte, und dann beschlossen, den Snickers-Riegel mit seinem Freund Pjotr zu teilen. Dafür bekam er zwei Superman-Hefte und ein Buch mit deutschen Weihnachtsgeschichten geliehen. Pjotr hatte nämlich «Beziehungen». Die Schokoladennüsse versteckte Wanja in seiner Schatzkiste unter dem Bett.
Der neu gewonnene Onkel hatte Babuschka geschmeichelt, er hatte Fotos von Hamburg herumgezeigt, und dann hatte er gesagt, die Mami wolle Wanja zum Weihnachtsfest sehen. Leider habe sie soviel zu tun, daß sie nicht selbst nach Moskau kommen könne. Sie mußte wirklich furchtbar viel zu tun haben, denn sie hatte in ihren Briefen kein Wort davon verraten. Die Mamuschka war bestimmt eine berühmte Person in Hamburg, wenn sie nicht einmal Zeit hatte, ihren Wanja vom Flugzeug abzuholen.
Wanja drückte den Stoffbären an sich. Den hatte der nette Onkel Grischa ihm vor dem Abflug in den Arm gedrückt und ihm befohlen, ihn nie aus den Augen zu lassen. Wanja stapfte mit dem schweren Teddy neben dem Mann, der immer lächelte, her. Vor der Tür stand ein Kerl, der wütend auf einen Uniformierten einredete.
«Guter Mann, das können Sie nicht machen. Ich stehe hier erst seit zwei Minuten.» Ein Abschleppwagen zog den schweren Jaguar auf die Ladefläche. Der Polizist blickte von seinem transportablen Computer hoch: «Ich bin nicht Ihr guter Mann, ich bin Polizeibeamter im Streifendienst. Und Sie haben hier vor fünfzehn Minuten Ihr Fahrzeug verkehrsgefährdend abgestellt.» - «Aber das ist doch kein Grund, den Wagen gleich abschleppen zu lassen.» - «Finden Sie?» - «Können wir das nicht unter uns regeln?» Der Wiener machte mit Daumen und Zeigefinger eine reibende Handbewegung.
«Na ja», sagte der Beamte und blickte dem Wiener lange ins Gesicht. «Weil bald Weihnachten ist. Sie bekommen eine Anzeige wegen Falschparkens, hinzu kommen die Abschleppkosten. Mit zwei- bis dreihundert

Mark sind Sie dabei.» Der Wiener zog eine Rolle mit Geldscheinen aus der Tasche, zählte fünf Hunderter ab und überreichte sie verschwörerisch dem Beamten. Der strahlte übers ganze Gesicht. «Hinzu kommt dann noch eine Anzeige wegen aktiver Beamtenbestechung.» Der Beamte gab dem Abschleppdienst das Zeichen zur Abfahrt. Der Wiener glotzte den Polizisten ungläubig an. Der tippte in sein Funkgerät und bat zur Unterstützung um einen Streifenwagen. «Die Scheine sind beschlagnahmt. Die Kollegen kommen gleich, um das Protokoll aufzunehmen.» - «Sie!» Der Wiener war kurz davor, dem Beamten ans Leder zu gehen. Der sonnte sich im Glanz seiner Redlichkeit.
«Gibt es irgendwelche Schwierigkeiten?» Blini stand hinter den beiden, Wanja an der Hand. «Der Grünling hat den Wagen abschleppen lassen», platzte der Wiener heraus. «Und jetzt will er mich auch noch wegen Bestechung anzeigen.» Der Russe legte die Stirn in Falten. «Und wie kommen wir hier jetzt weg?» - «Ist mir doch scheißegal», nuschelte der Wiener und wandte sich dann im geschmeidigsten Wiener Schmäh an den Polizisten: «Ich bitte vielmals um Vergebung, Herr Polizeirat, wohin lassen Sie mein Gefährt bringen?» - «Polizeihauptmeister, mein lieber Herr. Zum Parkplatz P 9. Ist gar nicht weit. Mit dem Bus sind es zehn Minuten.» Der Wiener war seit sechs Jahren nicht mehr Bus gefahren. Er spürte Blinis Ungeduld auf der Haut, drehte sich zu ihm um und flötete: «Gnädiger Herr sollte mit seinem jungen Gast vielleicht ein Taxi nehmen.» Dann brach es aus der gepeinigten Seele heraus, voller Wut trat er gegen die nächstbeste Säule, jaulte auf und brüllte: «Ich werde hier auf die Gerechtigkeit warten und dann meinen Gang nach P 9 machen.» Blini blickte den Wiener mit einem Blick an, den der zu seinem Glück nicht mitbekam. Dann zog er den staunenden Wanja mit sich zum Taxistand.
Valentin hatte sich nicht in die Schlange der wartenden Droschken eingereiht, er wartete auf der rechten Fahrspur. Mit gespanntem Vergnügen verfolgte er die Ereignisse um den Jaguar. Seine einzige Sorge war, daß die ekelhafte Zuhältertype, sein Peiniger von der Tankstelle, so lange abgelenkt sein würde, bis Larissa endlich mit Wanja aus der Abfertigungshalle kam. Aber Larissa ließ sich Zeit, und als dann ein kleiner Junge an der Hand des Russen auf den Wiener zuging, wäre Valentins Adrenalinspiegel fast übergeschwappt. Das war Wanja! War das Wanja? Aber wo war dann Larissa? Valentin startete den Wagen, und als der Mann mit dem dicken Hals den Arm hob, um nach einem Taxi zu winken, schoß Valentin quer vor den Wagen eines Kollegen. «Dir haben sie doch ins Gehirn geschissen!» brüllte der erboste Kollege. In aller Eile verfrachtete Valentin seine beiden Fahrgäste in den Fond des Mercedes. ►►►

14

Valentin war froh, endlich aus der Reichweite der aggressiven Taxifahrer zu kommen. Er war nicht froh über die eine Hälfte seiner Ladung. Valentin mochte den korpulenten, gutgekleideten Mann allein schon deshalb nicht, weil Larissa vor ihm Angst hatte. Er war sicher, den Chef des Wiener auf der Rückbank zu haben. Vorhin am Flughafen hatte Blini kommandiert, und der Wiener hatte ständig mit dem Kopf genickt. Valentin wollte sich lieber nicht vorstellen, was passiert wäre, wenn der Wiener mit dem Jungen eingestiegen wäre. «Na kleiner Mann, ist das nicht toll, in einem Flugzeug durch die Luft zu sausen?» fragte Blini und rückte dichter an den achtjährigen Wanja heran. *«Vom Himmel hoch, da komm ich her»*, antwortete das Kind und drückte seinen Teddybären an die magere Brust. Wanja trug einen Anorak, die Schuhe waren robust, die Hose abgewetzt. Der kleine Kerl strahlte Ärmlichkeit und Sauberkeit aus. Valentin schaffte es einfach nicht, eine Verbindung zwischen Larissa und dem Kind herzustellen. «Wo ist meine Mamuschka?» fragte Wanja und blickte fasziniert aus dem Fenster. Valentin beobachtete den Mann im Spiegel. Blini trug den Kopf tief zwischen den Schultern, alle Hemdenknöpfe waren geschlossen. So quoll das Halsfett über den Kragen. Blini war nicht dick, aber schwammig, und er sah nicht gemütlich aus wie viele Übergewichtige, sondern lauernd und gefährlich.
«Deine Mama freut sich schon auf dich», behauptete Blini. Im Wagen roch es nach Unaufrichtigkeit. «Einen schönen Bären hast du da», fuhr er fort. Wanja drückte den Teddy noch dichter an sich und sagte: *«Wenn Weihnachten ist, bescheret uns der liebe heilige Christ. Und da kriegen wir ne Muh, und da kriegen wir ne Mäh und die allerschönste Täterätätä.»* Valentin fing im Spiegel Blinis Blick auf. Der Koloß wollte mit dem Fahrer heimlich Einverständnis über soviel kindliche Idiotie herstellen.
«Du kannst aber toll deutsch sprechen», sagte Valentin. «Ich kann prima deutsch», antwortete Wanja leise. «Oma kann deutsch. Und Opa. Und mein Weihnachtsbuch ist auch deutsch.» Valentin erkannte jetzt, was Blini in der Hand hielt. Er tippte Ziffern ins Telefon, wartete, und dann sprach er in einer Weise russisch, daß Valentin nicht einmal Anfang und Ende der Wörter mitbekam. Plötzlich flüsterte Blini Wanja etwas ins Ohr. Das Kind begriff wohl nicht gleich, Blini hielt ihm weiter das Telefon hin. In unechtem Tonfall sagte Wanja: «Der Bär ist gelandet.» Blini streichelte ihm zur Belohnung übers Haar und telefonierte weiter.
«Hast du schon mal so einen Weihnachtsbaum gesehen?» fragte Valentin. «Guck mal, der kann blinken.» Er schaltete die Beleuchtung ein. Wanja rückte näher. Er war so schmächtig, daß er fast zwischen die

Rücklehnen paßte. «Freust du dich schon auf deine Mutti?» Wanja nickte ernst. «Wie heißt sie denn?» - «Was?» - «Wie sie heißt.» - «Na, das ist doch klar. Larissa Borodkina. Weißt du das denn nicht?» Valentin beobachtete den telefonierenden Blini. «Du, Wanja, was findest du am tollsten?» - «Am tollsten? Na, meine Mamuschka.» - «Und was ißt du am liebsten?» - «Mama schickt immer ein Paket. Da sind Nüsse drin, da ist Schokolade drum herum.» - «Genau das hat deine Mama für dich eingekauft. Und ich auch. Möchtest du das haben?» Wanja nickte selig. Valentin neigte sich zu ihm herunter. «Paß auf, was der Mann am Telefon sagt», flüsterte er. «Nicht hingucken. Nur aufpassen. Und nicht vergessen. Dann gibt es Schokolade. Klar?» Ihm fiel einfach nichts Besseres ein, um das Kind zu motivieren.
Wanja begann auf rührende Weise, Blini zuzuhören. Plötzlich rutschte sein Bär zwischen die Sitze, Valentin schnappte ihn. «Mein Bär kann Eier legen», behauptete Wanja. «Onkel Grischa hat mir den Bär gegeben.» Valentin drückte ihm den Teddy in die Arme, dann bediente er die Alarmtaste unter dem Radio. Sie meldete den Standort des Wagens über Funk an die Zentrale. Seitdem Valentin fuhr, war er mehrere Male losgerast, um einem bedrängten Kollegen zu Hilfe zu eilen. Heute war er zum ersten Mal selbst die Spinne im Netz, auf die von allen Seiten Artgenossen zukrabbelten. Er staunte, wie prompt geschah, was er sich erhofft hatte. Von vorn kamen sie gleich zu zweit, aber auch hinten holzte ein Benz auf der zweiten Spur unter Mißachtung von einem Dutzend Verkehrsregeln heran. Valentin stellte den Wagen quer, betätigte das Warnlicht. Als die Wagen ihn einkreisten, unterbrach Blini das Telefonat. «Was ist denn?» fragte er mehr erstaunt als mißtrauisch. Valentin öffnete die Tür, zu viert standen sie mit Knüppeln, einer Pistole und solider Armmuskulatur bereit.
«Hinten», sagte Valentin. «Hat sich an dem Kind zu schaffen gemacht.» Sie rissen die hintere Tür fast aus dem Rahmen, viele Arme packten zu, zogen Blini heraus. Und während der Flüche oder Gebete in seiner Muttersprache ausstieß, beugte sich Valentin nach hinten, und zog die Tür ins Schloß. Dann fuhr er weiter. Was er im Rückspiegel sah, war mit «vorsätzliche Körperverletzung» beschönigend beschrieben. Wanja saß eingeschüchtert in der Ecke. «So, junger Mann», rief Valentin munter, «jetzt fahren wir zu Larissa und holen einen Zentner Schokoladennüsse ab. Alles klar? Na, dann könntest du ja ruhig mal lachen.»
«Du weißt, wo meine Mamuschka ist?» - «Klar weiß ich das. Taxifahrer wissen alles.» Und während Valentin lauthals lachte und zur Bekräftigung auf die Hupe drückte, hatte er zum ersten Mal im Leben das Gefühl, Talent zur Vaterschaft zu besitzen. ▶ ▶ ▶

Kommissar Roland haßte Weihnachten auch wegen der Überraschungen. Diese Geschenke, die einem mit dem Anspruch überreicht wurden, sich unter Zeugen ein Loch in den Bauch zu freuen! Das Geschenk, das er und seine Gehilfen in der Ankunftshalle des Flughafens übernommen hatten, besaß etwas von einem Überraschungspaket. Entsprechend fröhlich waren die Beamten. Sie wußten nicht, wen sie vor sich hatten und wonach sie suchen sollten. Mit der Frau war es noch verhältnismäßig einfach. Obwohl Polizeimeister Freund sich selbstlos anbot, die junge Schönheit einer Leibesvisitation zu unterziehen, überließ Roland dies doch lieber einer Kollegin vom Zoll. Die Festgenommene hatte kaum etwas an, von «verbergen» konnte bei diesem Kleid keine Rede sein. Einen Paß hatte sie auch nicht dabei, nur Tränen in den Augen und immer die gleichen Worte auf den Lippen: «Wo ist mein Wanja?» Angeblich handelte es sich dabei um den leiblichen Sohn der Festgenommenen.
Roland bat dann die Kollegen vom Flughafen um Amtshilfe, alle landeten in einem Aufenthaltsraum. Die Personenüberprüfung begann, eine Stewardeß wurde gerufen, die Flugliste überprüft, und als der Kommissar Larissa fragte: «Heißt Ihr Sohn Wanja Borodkin?... So einer war an Bord der Maschine», schluchzte sie auf und weinte bitterlich. Freund reichte ihr sein feuchtes Taschentuch, mit dem er sich eben noch die Kratzspuren im Gesicht gekühlt hatte.
Der Kommissar wandte sich dem Kurier und seinem Gepäck zu. Der Mann war klein und überraschend alt, er trug einen schwarzen Cashmeremantel mit Pelzaufsatz und einen breitkrempigen Hut über schwarzen vollen Augenbrauen. «Ich protestiere gegen diese Behandlung», rief der Alte aufgebracht. «Ist das neuerdings der Stil dieses Landes, seine Gäste zu begrüßen?» Roland studierte den Paß des Fremden. Das Lichtbild schien zu stimmen. «Sie heißen?» fragte Roland. Der Mann sah ihn verdutzt an und antwortete dann langsam: «Mstislaw Rostopovich.» Roland ließ sich den unmöglichen Namen buchstabieren. «Und was haben Sie in Hamburg vor?» - «Ich werde ein Konzert geben.» Roland blätterte in dem Paß, der Alte schien in der Welt herumzukommen. Die Drogenmafia arbeitete eben global. Roland besah sich das Gepäck. Neben drei Koffern fiel ihm ein übergroßer Geigenkasten ins Auge. «Was ist da drin?» - «Mein Instrument.» - «Auspacken.» - «Wie bitte?» - «Zeigen Sie mir das Instrument oder was immer das ist.» Der Mann lächelte kaltblütig, Roland hielt ihn für einen Vollprofi. «Sehr wohl, mein Herr. Wenn Sie es wünschen.» Roland deutete auf die anderen

Koffer, winkte Freund und Helfer heran. «Ihr durchsucht die Koffer, aber anständig.» Die beiden knallten die Koffer auf den Tisch, Verschlüsse schnappten auf.
Die Stewardeß näherte sich Roland und flüsterte ihm ins Ohr: «Entschuldigen Sie, Herr Polizist. Aber ich glaube, Sie machen einen Fehler. Dieser Herr ist Herr Rostropovich.» - «Das weiß ich», bellte Roland. «Und wenn es Peter Alexander wäre. Ich tue nur meine Pflicht.» Er wandte sich wieder dem Mann zu: «Wird's bald, oder soll ich helfen?» Die Stewardeß ging zu dem Mann mit dem grotesk großen Geigenkasten und machte Anstalten, sich bei ihm zu entschuldigen. «Keinen Kontakt!» bellte Roland, «dieser Mann befindet sich in vorübergehendem Gewahrsam.» Der Mann öffnete den Kasten, Roland sah hinein. In dem Kasten lag ein Trumm von Geige. «Das ist mein Cello», sagte der Mann sanft. Roland nickte: «Nehmen Sie es raus.» Vorsichtig nahm der Mann sein Instrument aus dem Kasten, im Hintergrund leerten Freund und Helfer emsig den Koffer. Reiseutensilien aus edlen Materialien, außerdem ein Frack und viele Papiere mit Schriftzeichen, die Ähnlichkeit mit Noten aufwiesen. Roland klopfte den Kasten auf Hohlräume ab, er fand nichts. Dann fiel sein Blick auf das Instrument. Seine Hand griff danach, der alte Herr zog das Cello an sich. «Nein, das geht zu weit. Mein Instrument berühren Sie nicht.» - «Wieso nicht?» fragte Roland lauernd. «Weil es ein wertvolles Stück ist. Es ist mein Leben.» - «Funktioniert es denn wenigstens?» - «Wie bitte?» - «Na, ist das eine Attrappe, oder gibt es auch Töne von sich?» Roland hatte in seiner Laufbahn schon originellere Drogenverstecke erlebt als große Geigen.
«Wenn Sie mir das Ding nicht geben wollen, dann spielen Sie uns eben was vor.» Roland lächelte maliziös, jetzt hatte er den alten Dealer. «Meinen Sie das im Ernst?» fragte der Mann. «Im Dienst weiß ich gar nicht, was Humor ist», stellte Roland klar.
Der alte Mann setzte sich auf einen Stuhl, nahm seinen Bogen, stimmte kurz das Cello und begann zu spielen. Roland war unmusikalisch, aber es hörte sich ganz manierlich an. Larissa hörte auf zu schluchzen, Freund und Helfer hielten in ihrem Gesuche inne.
«Brahms», flüsterte Larissa. Der Mann spielte und spielte, immer mehr Menschen strömten in den Aufenthaltsraum und versammelten sich um den Musiker. Eine schwebende Stimmung entstand, der alte Mann verwandelte den unfreundlichen Raum in einen Konzertsaal. «Einpacken!» fuhr der Kommissar Freund und Helfer an. Und mit einem Blick auf die von der Musik hingerissene Larissa: «Die Kleine nehmen wir mit.» Als sie im Laufschritt den Flughafen verließen, brandeten hinter ihnen Beifall und Bravorufe auf. ►►►

16

«Was willst du denn mal werden, wenn du groß bist?»
Seitdem Valentin das Gefühl hatte, ein Näschen für die kindliche Seele zu besitzen, bereitete es ihm keine Probleme, mit Wanja zu plaudern. «Ich will Brücken bauen.» - «Das ist aber ein schöner Wunsch. So symbolträchtig. Wenn das Irene gehört hätte, der würden Tränen in die Augen steigen.» - «Wer ist Irene? Deine Mutter?» - «Ja. Oder nein. Mehr eine Freundin. Wir fahren jetzt zu ihr.» - «Aber du hast gesagt, wir fahren zu meiner Mamuschka.»
Schlagartig war alle Zutraulichkeit, die Wanja in den letzten Minuten entwickelt hatte, zerstoben. «Deine Mamuschka muß arbeiten. Sie hat erst am Abend Zeit. Wir zwei Hübschen essen uns solange bei Irene durch.» - «Wo arbeitet meine Mamuschka denn?» Valentin spürte, wie er rot anlief. Er log Wanja etwas in Richtung «Kellnerin» vor, aber das Kind hatte eine hartnäckige Art nachzufragen. Valentin fädelte sich auf die Autobahn Richtung Süden ein. Als der Elbtunnel in Sicht kam, spielte er für seinen kleinen Fahrgast den Fremdenführer. Hingerissen bestaunte Wanja mit allen Sinnen die Welt. Hinter dem Tunnel verließen sie die Autobahn. Valentin nahm Anlauf auf die Köhlbrandbrücke. Er stoppte auf dem Scheitelpunkt des mächtigen Bauwerks. Unter ihnen lag der Hafen, bis zum Horizont Hafen, Becken, Containergebirge, eine Landschaft aus Kränen und Schiffen aller Größenordnungen.
«Hast du ein Kind?» - «Ich glaube nein.» - «Aber warum nicht?» - «Da gehört ein Mann zu», murmelte Valentin. «Und eine Frau auch.» - «Und Liebe. Mamuschka sagt, ohne Liebe ist Kinderkriegen wie Brot von letzter Woche.»
Hinter ihnen hupte ein Lkw, der mit letzter Kraft die Steigung schaffte. Valentin machte, daß er wegkam. Sie fuhren kilometerweit durch den Freihafen und zum Schluß durch die trutzige Speicherstadt. Danach fuhr Valentin nach Eimsbüttel.

«O Gott, der Taxifahrer», sagte das Gesicht zwischen Tür und Rahmen. «Tach, Götz. Irene da?» - «Irene nicht da. Für dich wäre sie sowieso nicht da. Hat sie dir nicht klar genug gesagt, daß sie ...?» - «... Keep cool, Junge. Wo ist sie denn?» Das patzige Gesicht wurde noch patziger und biß demonstrativ die Zähne aufeinander. Wanja stand zwischen den Männern und staunte. «Okay, okay», sagte Valentin. «Keine Antwort ist auch eine Antwort.» - «Wehe, du bedrohst sie», rief Götz ihnen hinterher.
«Warum ist der so doof?» fragte Wanja. «Er kann mich nicht leiden.» - «Warum nicht? Du bist doch nett.» - «Er hat mir meine Freundin weggenommen. Denk darüber nach, mein Sohn. Ohne Frau kein Kind.

Deine Mutter kann dir das besser erklären.» - «Magst du meine Mamuschka?» fragte Wanja auf der Treppe. «Klar. Ist eine tolle Mutter, deine Mamuschka.» - «Das stimmt», sagte Wanja strahlend.
Bevor er anfing, wahllos Gotteshäuser anzufahren, holte sich Valentin von der Zentrale den Standort ab. «Wann denkst du denn mal wieder an Arbeit?» fragte die Zentrale. «Ich habe nie im Leben so viel gearbeitet wie in den letzten 24 Stunden.»
In der Jakobi-Kirche liefen die letzten Vorbereitungen für die Premiere des Weihnachtsmärchens. Valentin und Wanja drückten die zentnerschwere Tür auf und blieben gleich am Eingang stehen. Es roch betörend nach Gebäck und anderen Aromen. Auf dem Platz vor dem Altar tummelten sich viele Kinder, alle steckten in altertümlichen Kostümen. Eine Handvoll Erwachsener dirigierte das Getümmel, unter ihnen war eine Frau die bestimmende Figur.
«Was ist denn?» fragte Valentin, als ihn eine kleine Hand an der Jacke zog. «Kleine Kinder müssen manchmal Pipi.» - «Ja und? Warum tust du's nicht?» Entsetzt wurde Valentin Zeuge, wie Wanja Anstalten machte, seine Hose zu öffnen. Er packte den Knaben und verließ mit ihm die Kirche. «Ich denke, ihr Russen seid so fromm», murmelte er und stellte Wanja in eine geschützte Ecke an der Kirchenmauer. Weil die Gelegenheit so günstig war, stellte sich Valentin daneben und half Wanja, den angefrorenen Haufen Taubenscheiße zu erwärmen. Wanja fand das lustig – ganz im Gegensatz zu dem Kirchenbediensteten, der in diesem Moment des Weges kam. Die beiden Männer packten ein und flohen in die Kirche.
«Ach nee», sagte Irene. «Hallo», entgegnete Valentin federleicht. «Ich habe zu tun», stellte Irene klar. «Ich wollte dich nur um einen Gefallen bitten.» Sie blickte ihn an, als würde sie einen unzüchtigen Antrag wähnen. «Mein kleiner Freund hier», sagte Valentin und schob Wanja nach vorn, «könntest du kurz auf ihn aufpassen?» - «Wie kommst du zu einem Kind? Ausgerechnet du?» Valentin überhörte den Spott: «Ich fahre schnell los und hole Wanjas Mutter. Dauert garantiert nur eine halbe Stunde. Hier sind doch so viele Kinder.» Irene taxierte ihn mit mißtrauischen Blicken und sagte: «Halbe Stunde geht klar. Nicht länger.» Valentin machte die beiden bekannt, Wanja hielt den Teddybären an sich gedrückt und sagte kein Wort. Valentin boxte gegen sein Schlüsselbein und sagte:
«Ich fahre wie der Teufel. Mach keinen Scheiß. Und dann essen wir Schokoladennüsse, bis sie uns zu den Ohren rauskommen. Okay?» Wanja nickte ernst, aber seine Augen baten: ‹Nimm mich mit.› Valentin flüchtete im Laufschritt aus der Kirche. ►►►

AR

Die Aktion «Schöne Bescherung» hatte sich als Schlag ins Wasser erwiesen. «Rostopovich ist ein weltberühmter Künstler» sagte Larissa, die auf der Rückbank saß. «Kennen Sie ihn etwa nicht?» - «Ich kenne deutsche Luden, kurdische Dealer, albanische Einbrecher, polnische Autoknacker. Ein russisches Cello war noch nicht dabei», knurrte der Kommissar. Freund und Helfer räusperten sich vernehmlich. Der Kommissar bekam Sehnsucht nach einem kleinen Erfolg. «Haben Sie eigentlich eine Arbeitserlaubnis?» Larissa nickte. «Bei meinem Chef. Wie auch mein Paß.» - «Na, wir werden ja sehen», sagte Roland mißmutig und prügelte den dritten Gang ins Getriebe.
Die Straße vor der Bar war zugeparkt. Der Kommissar stellte den zivilen Dienstwagen quer vor den Eingang. Im Schaukasten blinkten verloren ein paar armselige Lichtlein, die Bar war verschlossen. «Und jetzt, junge Frau?» Roland war gereizt.
«Sonst ist immer jemand da», entgegnete Larissa entschuldigend.
Der Kommissar ließ über Funk ihre Adresse überprüfen. Larissa, in ihrem dünnen Kleidchen und der Lederjacke von Valentin, ging frierend den Gehweg auf und ab. Plötzlich rauschte ein Jaguar heran, der Wiener sprang aus dem Wagen und stürzte sich auf die Frau. Er holte aus und schlug ihr ins Gesicht, bevor sie noch die Hand zur Abwehr heben konnte.
«Du alte Schlampe!» brüllte er, «dir werde ich es zeigen.» Er war zu schnell gewesen, und auch Blini hatte die Polizisten nicht rechtzeitig entdeckt. Während Roland staunend Zeuge wurde, wie der schwere Mann auf das zierliche Mädchen zurannte, reagierten Freund und Helfer blitzschnell. Freund hieb dem Zuhälter von hinten seinen Fuß mit Turnschuh Marke «Ghetto Nike» zwischen die Beine, und Helfer entsicherte seine 9 mm-Dienstpistole im Ohr des Russen mit dem engen Mantel. Blini hob die Arme ganz ohne Aufforderung gen Weihnachtshimmel. Die Polizisten entwaffneten die beiden, und Larissa sagte: «Darf ich vorstellen: Das ist mein Chef, Herr Anton Schnepfer. Und das ist ein Landsmann von mir, Gospodin Pjotr Stoij.»
Roland nickte, er kannte die Visagen aus den Akten. «Wollen Sie eine Anzeige wegen Körperverletzung stellen?» fragte er hoffnungsvoll. Larissa schüttelte den Kopf. Der Wiener ging etwas breitbeinig zur Tür, schloß auf und schaltete das Licht an. In der Bar wurde es dadurch nicht viel heller.
«Diese Frau gibt an, bei Ihnen zu wohnen. Stimmt das?» Der Wiener sah Larissa feindselig an, dann nickte er. «Können Sie mir die Papiere der Dame zeigen?» - «Sind in meinem Büro. Ich müßte sie holen.» Roland gab Freund ein Zeichen, den Zuhälter zu begleiten. Larissa war auf den

anderen Mann zugegangen und redete ihn auf russisch an. Der war wütend und antwortete kurz und knurrend. Die Antwort schien Larissa trotzdem zu gefallen.
«Und wo ist nun Ihr Sohn?» fragte der Kommissar. Larissa begann zu stottern: «Bei einem Freund.» Dann lächelte sie hinreißend: «Darf ich mir ein paar andere Sachen anziehen?» Roland machte den Weg frei, Helfer folgte ihr.
«Die Frau arbeitet bei Ihnen?» Freund besah sich im Büro den Paß. Der Wiener nickte. «Schlagen Sie Ihre Angestellten immer bei der Begrüßung?» - «Habe ich sie geschlagen? Sie hat doch keine Anzeige erstattet oder?» Freund sah sich in dem Büro um. «Sie betreiben hier nicht zufällig ein Bordell?» - «Dies ist ein anständiges Haus, ich vermiete nur an seriöse Gäste.»
Polizeimeister Freund drehte resigniert ab.
Unten ging er auf Roland zu und flüsterte ihm ins Ohr: «Die Papiere der Kleinen sind in Ordnung. Hat sogar eine Arbeitserlaubnis als Kellnerin. Aber das ist hier ein Puff. Ganz sicher.» Roland atmete durch und sagte laut: «Ja, meine Herren, das wär's dann wohl.» Der Wiener erschien händereibend auf der Treppe: «Ja, das wäre es dann wohl. Möchten die Herren vielleicht noch etwas trinken? Bier, Saft?» - «Nein, danke. Wir kommen mal wieder, wenn wir nicht im Dienst sind», sagte Roland mit einem Anflug von Bitterkeit. «Schade», höhnte der Wiener unverhohlen. Er wollte die beiden Polypen so gern von hinten sehen.
In diesem Moment erschien Larissa auf der Treppe. Sie trug Hosen, einen weiten Pullover und einen Mantel. «Oh, Herr Kommissar, haben Sie meinen Paß? Nicht, daß Sie ihn aus Versehen mitnehmen.» Roland schaute Freund an, der das Dokument auf den Tresen gelegt hatte. «Hier ist er.» Der Wiener wollte danach greifen, aber Larissa war schneller. Sie lächelte den Wiener an, seine Wangenmuskeln arbeiteten. «Wissen Sie was, Herr Kommissar», sagte Larissa, die mit jedem Wort besser gelaunt wirkte, «Sie fahren doch sicherlich durch die Innenstadt.» Larissa war geschminkt und duftete aufregend. «Ich wollte für meinen kleinen Wanja etwas einkaufen. Könnten Sie mich ein Stück mitnehmen? Aber nur, wenn es Ihnen keine Mühe macht.» Roland blickte den Wiener an und spürte, wie ihn seine Niedergeschlagenheit verließ. «Aber ganz und gar nicht. Es ist mir ein Vergnügen. Kommen Sie.» Der Kommissar hielt galant die Tür auf. Die Polizisten stiegen mit Larissa ins Auto und ließen zwei Männer mit langen Gesichtern zurück. Blini schleuderte kurz darauf eine Wodkaflasche nach dem Wiener, der sich gerade noch rechtzeitig hinter den Tresen ducken konnte. Danach bestellte er telefonisch einen neuen Spiegel. ►►►

18

Es war kalt in Hamburg. Kalt und trocken, ein Wetter, das Valentin immer gut vertragen hatte. Er saß in seiner überheizten Fahrgastzelle auf speckigem Kunstleder und suchte die Nadel im Heuhaufen. Sie war klein und zart, schutzbedürftig und ungeheuer lebenstüchtig. Auf der Kreuzung Osterstraße/Schulweg sprach Valentin zum ersten Mal die Worte aus, die seinen Kopf besetzt hielten:
«Gesetzt den Fall, du wärst verliebt...»
Er wollte endlich Larissa finden. Zweimal war er schon in dem Lokal gewesen, wo er sie gestern abgesetzt hatte. Was war schiefgegangen am Flughafen? Warum hatten sie Larissa mitgenommen? Warum Larissa, wenn Blini und der Wiener in der Nähe gewesen waren? Immerhin hatten die beiden Larissa nicht in die Finger gekriegt, das beruhigte Valentin sehr. Aber was wollte die Polizei von Larissa? Seitdem der Engel in sein Leben getreten war, hatte Valentins Alltag eine Geschwindigkeit angenommen wie nicht einmal in seinen schlimmsten pubertären und anarchistischen Zeiten.
Valentin fand sich auf dem Fischmarkt wieder. Er hatte kaum bemerkt, daß er diese Richtung eingeschlagen hatte. Es war dunkel und eiskalt, das richtige Wetter, um in einem geheizten Zimmer am Fenster zu stehen und die Welt vor dem Fenster zu genießen. Valentin hatte kein Zimmer mehr, aber er hatte eine Ahnung, wozu ein Zimmer gut sein könnte: um dort mit einem Engel zu leben. Auf dem Fischmarkt hielt sich ein Betrunkener an seinem Weihnachtsbaum fest. Mann und Baum schwankten brüderlich in der windstillen Nacht. Die Standheizung wärmte sehr, aber Valentin konnte nicht stillsitzen. Er legte den Gang ein und übersah die winkende Hand des Betrunkenen. Kein Fahrgast jetzt, kein Gelalle.
Je näher Valentin der Balalaika-Bar kam, um so klarer wurde ihm, daß er Larissa hier nicht antreffen würde. Dies war der Ort, den sie haßte wie keinen zweiten auf der Erde. Aber es war auch der Ort, wo ihre Papiere lagen. Ohne Papiere bist du ein Nichts in diesem Land. Er stand auf der gegenüberliegenden Straßenseite und blickte angewidert auf die verstaubten Champagnerflaschen und Gläser im Schaufenster. Der Baum daneben war billige Spekulation auf vorweihnachtliche Rührseligkeit.
Plötzlich trat der Wiener aus der Bar. Er zündete einen Zigarillo an und entdeckte Valentin sofort. Erst grinste er, dann ballte er die Faust. «Hau bloß ab, du Pisser!» Es waren Passanten auf der Straße, Valentin hätte riskieren können, frech zu werden. Der Wiener kam ihm zuvor: «Sag dem Huhn, das mit dem Polizisten, das verzeiht Blini ihr nicht. Es wäre besser für sie, nie geboren worden zu sein.»

Der Wiener sprang zur Seite, aber Valentin war beim Wenden nur mit zwei Rädern auf den Bürgersteig gefahren. Der Wiener hob die geballte Faust, aber Valentin hatte wieder ein Ziel. Sonst war nichts wichtig.

« Guten Abend, wo ist hier die Vermißtenstelle ? » Die beiden Männer in der Pförtnerloge des Polizeihochhauses kicherten, Valentin hatte den Eindruck, daß sie angetrunken waren.
« Vermißtenstelle ? Ham wa nich. » Der zweite setzte noch eins drauf : « Is vermißt gemeldet. » Die beiden wollten sich ausschütten vor Lachen. Valentin wechselte aufs Geratewohl zur Drogenfahndung. Die beiden stellten ihm einen Passierschein aus und reichten ihm das Papier : « Verlieren Sie ihn nicht. »

Valentin fuhr in den achten Stock, die Flure waren lang, schmal und unwirtlich. Sie sahen aus wie abwaschbar, aber niemand hatte sie in den letzten Jahren abgewaschen. Valentin linste in ein offenstehendes Büro. Plakate warnten vor allerlei Süchten, vor Engeln warnten sie nicht. Engel waren nicht strafbar. Aus anderen Räumen erklang weihnachtliche Musik : Kinderchöre und fettige Geigen. Irgendwo redeten Menschen, eine Frau mit imposantem Becken schoß auf den Flur. Sie trug einen Teller mit Keksen, entdeckte Valentin und hielt ihm den Teller hin.
« Hier, geheimnisvoller Fremder », sagte sie albern. Valentin griff mit beiden Händen zu. « Aber hallo. Sie haben ja Appetit. » - « Die Kekse sind das erste, was ich jemals von der Polizei gekriegt habe außer Anzeigen und Festnahmen. » Valentin folgte ihr in einen Raum, in dem zehn Personen im Stehen miteinander kommunizierten. Nebenan ertönte Musik von Kassetten, zwei Paare imitierten Tanzbewegungen. Eine Frau hatte kürzlich im Fernsehen die Weltmeisterschaft im Rock 'n' Roll gesehen und wollte von ihrem Partner genauso durch die Luft geschleudert werden. « Quickstep ist doch auch ganz schön », wehrte der Beamte ab. Die Frau hielt nach einem willigeren Opfer Ausschau. Valentin sah das Unheil auf sich zukommen, drehte in einem vitalen Fluchtimpuls ab und stand Hauptkommissar Roland gegenüber. Beide Männer stutzten, und Valentin sagte :
« Roland. Kann es wahr sein ? »
« Du faßt es nicht, der Künstler. Mensch, das ist hier der Bauch der Polizei. Du hast mal geschworen ... »
« Roland », sagte Valentin versonnen. « Roland, Freund und Helfer. Berufswunsch nach dem Abitur : Bundesinnenminister. Komm an meine Brust, Klassenkamerad. » Unter den verdutzten Augen der Umstehenden fielen sich der Kommissar und Valentin in die Arme. ► ► ►

W
KAUF

Der Kommissar hatte den blonden Engel im Einkaufsparadies abgesetzt. Die Wucht des konsumierenden Volks brach mit der Urgewalt einer Riesenwelle über Larissa herein und verschluckte sie. Die Verkäuferinnen in der Kosmetikabteilung des großen Kaufhauses lächelten seit vier Wochen weihnachtlich. Vermutlich präparierten sie sich morgens mit einem Flecken Ziehsalbe an beiden Mundwinkeln, denn ohne fremde Hilfe war das Weihnachtsgeschäft sicher nicht lächelnd zu überstehen. Larissa stand an einem Tisch für Herrenparfüms und schnüffelte sich hingebungsvoll durch die Kollektion.
«Ist der Herr distinguiert, oder liebt er es sportlich?» Larissa ließ die Lächelmaske reden und roch. Irgendwann entschied sie sich für eine grüne Flasche. «Eine ausgezeichnete Wahl», flötete die Verkäuferin, ließ das Parfüm in einer Geschenkhülle verschwinden, sagte «Achtundsiebzig» und lächelte militant. Larissa ließ sich in die Spielwarenabteilung weitertreiben und stand beeindruckt vor den deckenhohen Bergen mit bunten Sachen, während ihr ein tischhoher Knirps versiert die Kampfkürzel von Mortal Kombat II bei einem Supernintendo-Spiel erklärte. Sie verstand kein Wort, während das blasse Gesicht unter der Baseball-Kappe erläuterte, was «Babality» bedeutete. «Du drückst bei Liu Kang auf der Konsole R, R, V, Z, TK, und der Gegner wird zum Baby.» Larissa nickte gehorsam, und der junge Fighter riß mit einer lässigen Fingerübung seinem virtuellen Gegner den Arm ab.

Als das Treffen von Valentin mit seinem ehemaligen Klassenkameraden Roland gerade zehn Minuten gedauert hatte, war es auch schon wieder zu Ende. Immerhin waren drei Tassen Kaffee und ein weiterer Teller Kekse den Weg alles Irdischen gegangen. «Wo, wo, wo?» rief Valentin, als der Kommissar ihm nebenbei von einem gutaussehenden russischen Engel erzählte. «Wo genau hast du sie in der Innenstadt aus dem Wagen gelassen?»

20 Minuten später irrte Valentin durch die Gänge des Kaufhauses wie eine Ratte durch das Versuchslabyrinth. Parfüm? Er kaufte anfangs, was er auch Irene immer gekauft hatte. *Vielleicht sollte ich ihr noch was zum Anziehen kaufen. Oder Wanja einen Gameboy?*
Zwei Treppen höher rollte Larissa in die Abteilung für Herrenbekleidung und suchte nach Hemd, Pullover, Hose und Jacke für Valentin. Aber welche Größe hatte er? Mit ihrem Charme, dem nur Tote widerstanden, überredete sie einen Verkäufer, die Kleidungsstücke für sie anzuprobieren. Der Mann lehnte das Ansinnen erst mit «Überarbeitung» ab, aber Larissa sah ihm tief in die Augen, und er ließ die Hose fallen.

«Etwa so.» Valentin hielt die Hände wie zwei Honigmelonen nebeneinander. «Aha», sagte die stämmige Verkäuferin mit Kennermiene, «dann müßte Größe 38 passen.» Sie reichte ihm den roten Fummel in der entsprechenden Größe. Danach noch einen Mantel. «Sehr wohl, der Herr. Ich will nicht indiskret sein, aber sollte die junge Dame die Sachen nicht vorher anprobieren?» Valentin sah nicht ein, was das bringen sollte.
«Vielleicht sollte Ihr Verlobter die Sachen doch lieber selbst probieren.» Der schmächtige Vertreter des männlichen Geschlechts, der in Boxershorts und Socken vor Larissa stand, wirkte mittlerweile etwas verunsichert. Larissa zog ihn vor den Spiegel, reichte T-Shirt und Hose, hielt ihm Pullover und Weste vor den Leib. Es war so schwer, sich zu entscheiden, wenn alles 50fach vorhanden war.
Die Verkäuferin in der Damenoberbekleidung schlüpfte in den siebten Mantel. Sie hatte nicht die Figur von Claudia Schiffer oder Larissa, aber sie machte ihre Sache gut. Valentin entschied sich für ein rustikales Modell, das eher nach einem Parka aussah und so gar nicht zu dem roten Fummel passen wollte, den er bereits in der Tüte hatte. Klaglos zahlte er 798 DM und reichte seine Scheckkarte. Dann bangte er, daß sein Konto gesperrt sein könnte. Jetzt brauchte er noch Schokonüsse.
Larissa trieb den Verkäufer zur Verzweiflung. Als er schüchtern-patzig anzumerken wagte: «Ich muß mich auch noch um andere Kunden kümmern», bombardierte ihn Larissa mit neuen Kleidungsvarianten. Sie war schon ganz irre vor Entscheidungsstreß. Sie fragte Umstehende, die freimütig ihre Meinung sagten. An dem überforderten jungen Verkäufer, reizend in seinen gelben, mit Fröschen bedruckten Boxershorts, wurde ausprobiert und gezerrt. Kunden schubsten, Paare gerieten in Streit, zwei Frauen reklamierten ihr Vorrecht an der eingeschüchterten Kleiderpuppe, Regale wurden großflächig abgeräumt, neue Kunden von dem Auflauf angelockt. Jemand warf das Wort «Schlußverkauf» ins Getümmel, ein anderer «Schnäppchentag», ein dritter «Freibier», und binnen kurzem entwickelte sich die Szenerie zu einem Tohuwabohu. Abteilungsleiter und Kaufhausdetektive eilten herbei, während sich in der dritten Etage eine mächtige Grundsee aus Menschen und Material durch die Herrenoberbekleidung wälzte.
Valentin wurde an der Rolltreppe von der verschlingenden Welle aus Waren und Kunden erwischt. Er drückte seine Kleiderbeutel wie einen Airbag vor den Bauch, lief die aufwärtsstrebende Rolltreppe hinunter und der ebenfalls flüchtenden Larissa in die Arme.
«Valentin! Lieber!»
«Larissa! Endlich!»
«Wo ist mein Wanja?» ►►►

«Wie schön, daß nun auch die letzte Zeit und Gelegenheit gefunden hat, uns mit ihrer Anwesenheit zu beehren.» Elzbieta setzte sich neben Nina und flüsterte: «Ringelpiez hat schlechte Laune.»
«Alle Pferde im Stall», teilte der Wiener eilfertig nach links mit. Dort saß Blini im engen Anzug und winkte Richtung Bar, hinter der Jasmin, das Küken, Dienst schob. «Der Chef hat mit euch zu reden», rief der Wiener und bemühte sich, nicht ständig auf Blinis blaues Auge zu blicken. Die Taxifahrer hatten ganz schön hingelangt. «Er will euch sagen, daß er sich über jede Information freut, die ihr ihm über den Aufenthaltsort unseres Engels geben könnt.» Die Mädchen nannten den Wiener, wenn sie unter sich waren, Ringelpiez. Das war die weitestgehende Form von Spott, die sie wagten. Das Küken trug Champagner in die Runde. Blini wartete, bis alle versorgt waren, dann sagte er: «Ehrliche Menschen, gute Menschen. Ihr habt es gut bei mir. Ich will, daß das so bleibt. Prost.» Die Frauen tranken vorsichtig. Sie wußten, daß sie jetzt nüchtern bleiben mußten.
«Wir wissen nichts», sagte Nina. «Larissa hat mit niemandem gesprochen. Sie ist jung, sie ist noch dumm. Sie wird auf der Straße enden.» Keine andere als Nina hätte sich diese Lügen erlauben dürfen. Leider kannte sich Elzbieta in den ungeschriebenen Regeln der Balalaika-Bar noch nicht aus. Sie hob eifrig den Arm und rief: «Nina hat recht. Larissa hat immer gesagt, sie würde nie sagen, wenn sie einmal ...» Nina rammte ihr den Ellenbogen in die Rippen. Blini und der Wiener wechselten einen Blick, und der Wiener sagte mit einer Stimme, die vor Süßlichkeit staubte wie Puderzucker:
«Ich glaube, Elzbieta, wir beide sollten uns einmal in Ruhe unterhalten. Nimm dein Glas, wir gehen rauf ins Büro. Ich schließe ab und ziehe die Vorhänge zu, damit uns auch niemand stört. Und dann werden wir ...»
«... Nein», sagte Nina. Blini rief einige Worte in wütendem Russisch. Sie legte einen Arm um Elzbietas nunmehr bebende Schultern: «Wir bleiben hier unten. Alle.» - «Nina, du gehst zu weit», brauste der Wiener auf. Sie standen sich gegenüber: der Wiener vor Aggressivität flach atmend, Nina in ihrer Üppigkeit, jedes Pfund Selbstbewußtsein.
«Noch ein Wort, und ich geh zu Tirana Su.» Die bloße Erwähnung der konkurrierenden Zuhältergang drückte den Blutdruck des Wieners auf 300. Blini verließ die Bar.

70 Minuten später öffnete Götz die Wohnungstür. Er kannte die beiden Männer nicht. «Ja, was ist denn schon wieder?» - «Guten Abend»,

sagte der Fremde im engen Anzug verbindlich, «wir sind Freunde von Valentin dem Taxifahrer. Wir möchten ihn besuchen. Die Taxizentrale sagt, Valentin wohnt hier.» - «Quatsch», entgegnete Götz, «hier wohnt Irene. Den Schlumpf hat sie abserviert. Wurde auch höchste Zeit. Und ich muß jetzt wieder...» Der Wiener hob den Lehrer ganz einfach in die Höhe, so daß seine Lammfell-Schlappen fünf Zentimeter über den versiegelten Landhaus-Dielen schwebten. «Du hast dich im Ton vergriffen», knurrte der Wiener. «Sag uns jetzt im richtigen Ton, wo wir Valentin finden. Ich zähle bis eins. Na? Wird's bald?» Götz redete in panischer Eile, zumal der zweite Fremde schon einen Totschläger in der Hand hielt. Aber es dauerte dann doch bis zwei, bevor er die langen Worte «Weihnachtsaufführung» und «Jacobikirche» hervorgestoßen hatte.

«Ach Mutti, jedes Jahr sage ich mir: Das tu ich mir nicht wieder an. Und dann falle ich doch jedesmal wieder um.» Irene stibitzte einen Finger voll Teig und bot ihn Wanja an. Er fand die ältere Frau besser als die jüngere, aber den Teigfinger leckte er trotzdem ab. Er hatte gehofft, im Westen häufiger etwas zu essen zu bekommen. Irene mußte ihrer Plätzchen bakkenden Mutter noch mehr über die Proben zum Krippenspiel erzählen, Wanja verkrümelte sich ins Wohnzimmer. Der alte Mann saß vor dem Fernsehapparat. Irene hatte etwas von einer Krankheit im Kopf erzählt, aber Wanja verstand nicht, warum er rein gar nichts erzählte. Deshalb erzählte er ihm etwas:
«Mein Bär bekommt ein Baby.» Er setzte den Teddy in den Schoß des Mannes. «Guck mal, wie dick sein Bauch schon ist. Onkel Grischa hat meinen Teddy in Moskau operiert, jetzt hat er eine Narbe.» Im Fernsehapparat lief eine Verfolgungsjagd. Zwei Autos fuhren Mülltonnen um und zerlegten einen Wochenmarkt. «Das ist toll», sagte Wanja. «Valentin sagt, Mamuschka wartet auf mich. Wenn Valentin Zeit hat, gibt er mir Schokoladennüsse. Ißt du die auch so gern? Meine Mamuschka hat mich nicht vom Flugzeug abgeholt. Aber der Onkel war da. Der hat ein Telefon, wo die Schnur fehlt, aber er redet trotzdem. Der Onkel interessiert sich auch für Eier, und dann haben ihm die Männer auf den Kopf gehauen. Das war lustig, aber Valentin ist gleich weggefahren. Das war blöd. Valentin weiß nicht, was Kinder gut finden. Mein Vater hat das auch nicht gewußt, sagt meine Mamuschka.»
«Was ist?» fragte in der Küche Irenes Mutter ihre zurückkehrende Tochter. «Verstehen sich gut, die beiden. Niedlicher Kerl, der Kleine. Hoffentlich hat Valentin ihn nicht entführt.» - «Wo denkst du hin?» rief die Mutter, «Valentin ist ein grundsolider Mann. Er würde nie etwas Unrechtes tun.» ▶ ▶ ▶

Der Küster hatte die Heizung bis zum Anschlag aufgedreht. Wärmer war es in Bethlehem auch nicht gewesen. Überall standen Leuchter mit brennenden Kerzen, aber die Besucher behielten die Mäntel an und schwitzten erwartungsfroh. Das Krippenspiel wurde in jedem Jahr von den jüngsten Gemeindemitgliedern in der festlich geschmückten Kirche aufgeführt. Der Erlös ging an «Brot für die Welt». Valentin hatte Larissa vom Kaufhaus direkt in die Kirche gebracht, in die Arme von Wanja. Mutter und Sohn konnten erst voneinander lassen, als Irene erschien und mit der Autorität der Regisseurin den Sohn in die Garderobe führte. Ein Heiliger war wegen Grippe ausgefallen, Wanja paßte sein Bettlaken-Kostüm wie angegossen. Eine stumme, aber «tragende» Rolle. Mit einem Dutzend Kindern mußte er zu Beginn Kerzen in die Kirche tragen und ein Lied singen.
Kurz vor der Aufführung passierte es. Jesus fing an zu schreien. Jedes Jahr lag traditionell ein Baby aus Fleisch und Blut als Jesuskind-Darsteller in der Krippe. Das Baby wurde vor dem Auftritt sattgefüttert, so daß es während der Aufführung schlief. Aber der diesjährige Jesus neigte zu Bauchkrämpfen, er begann erst zu greinen, dann zu brüllen und hörte nicht wieder auf. Er war weder durch Scherze noch mit Drohungen, weder mit Brust noch mit Brei zu beruhigen. Das Kind mußte auf Irenes Weisung aus der Krippe entfernt werden. In ihrer Not akzeptierte sie den erstbesten kindähnlichen Gegenstand, der in der Sakristei aufzutreiben war, Wanjas Bär. Der kleine Heilige akzeptierte die Trennung aber nur unter der Voraussetzung, daß er neben seinem Teddy stehenbleiben durfte.
Die Jakobi-Kirche war wohlgefüllt. Valentin begrüßte mit kurzem Kopfnicken den alten Schulfreund Roland. Der Kommissar hatte die Suche nach dem Drogenkurier nicht aufgegeben, er war ein Terrier, der sich in seine Fälle verbiß. Als der Terrier sah, welche Frau neben Valentin saß, wunderte er sich sehr. Sekunden vor Beginn der Aufführung öffnete sich noch einmal die Kirchentür, und es erschienen der Wiener mit Blini, Nina und Elzbieta. Der Wiener hatte sich feingemacht, aber er blieb auch im Armani-Wintermantel ein Zuhälter. Valentin sah sich nach Fluchtwegen um. Aber links und rechts von ihm saßen dicht gedrängt Omas und Opas, Onkel und Tanten. Notausgänge gab es nicht. Valentin wußte, warum er so selten in die Kirche ging. Er nahm Larissas Hand, und sie ließ sie ihm.
«Es begab sich aber zu der Zeit / daß ein Gebot vom Kaiser Augustus ausging / daß alle Welt geschätzet würde. Und diese Schätzung war die

allererste und geschah zu der Zeit / da Cyrenius Landpfleger in Syrien war / Und Jedermann ging / . . .»
Unter Orgelspiel trugen die Kinder Kerzen herein, in den Bänken flossen erste Tränen der Rührung. Das Krippenspiel nahm seinen Lauf. Wanja gab einen überzeugenden Heiligen ab. Allerdings schien er sich stark an der Rollenvorstellung eines Bodyguard zu orientieren, denn er ließ nie mehr als zwei Schritte Luft zwischen sich und seinem Liebling. Blini entdeckte den Bären in der Krippe, weil er aus lauter Langeweile den Blick ziellos schweifen ließ. Wie ferngelenkt fuhr er in die Höhe. Im nächsten Moment tapste er schon auf den Altar zu. Niemand stellte sich ihm in den Weg, denn bei Irenes Inszenierungsstil konnte alles, was derzeit geschah, Teil der Vorführung sein. War der dickliche Mann vielleicht einer der Heiligen Drei Könige? Nein, die sangen inbrünstig auf dem Balkon und schwebten danach an Seilen herab. Blini stand fast schon an der Krippe. *« Und sie kamen eilend und fanden beide / Maria und Joseph / dazu das Kind in der Krippe liegen . . .»* Die Orgel setzte ein, der Chor sang « *Es ist ein Ros' entsprungen* », und der Pastor ging auf Blini zu: « Mein Herr, Sie stören die Aufführung. Würden Sie sich bitte wieder auf Ihren Platz setzen? » Blini versetzte dem Kirchenmann einen kurzen Stoß mit dem Ellenbogen. Da der Gottesmann hochaufgeschossen und Blini gedrungen war, traf der Ellenbogen den Solarplexus, und zu den gesungenen Goethe-Worten *« Das Blümlein, das kleine, das duftet uns so süß . . .»* taumelte Pastor Wedemeier auf seinen Platz zurück. Maria nahm das Jesuskind aus der Krippe, schaukelte es hin und her. Wanja hatte den Onkel an der Bühne längst bemerkt. Mit zitternden Händen umklammerte er seine Kerze. Valentin hielt es nicht länger auf dem Sitz, er schlängelte sich durch die Reihen und ignorierte Larissas Fragen. Er mußte zu Irene. Der Ärger stand ihr ins Gesicht geschrieben.
« Wer ist das, was will der? » zischte sie Valentin an, der sich durch die immer unruhiger werdenden Zuschauer drängelte.
« Das ist Herodes », rief er laut. « Er will die Kinder umbringen! » Larissa schrie auf. Zweihundert Augenpaare hingen an ihren Lippen. Blini stürzte auf den Stall zu, riß Maria den Bären aus der Hand. Die Kinder schrien auf. In der rechten Hand hielt Blini eine Pistole, in der Linken den Bären. Er drückte ab, ein Schuß peitschte durchs Kirchenschiff. Die Zuschauer suchten Schutz zwischen den engen Kirchenbänken. Wanja holte mit seiner Kerze aus, hieb dem Jesusräuber den Wachsstengel über den Kopf, schnappte dem kurzzeitig Orientierungslosen das Stofftier aus der Hand, ein Arm riß ab, und Wanja rannte in seinem flatternden Kostüm davon. Blini schoß ein zweites Mal in die Luft, dann erloschen alle Scheinwerfer. ►►►

22

«Licht!» brüllte jemand. «Gibt es hier denn kein Licht!?» Es raschelte im Dunkeln, Beine oder Hüften stießen gegen Kirchenbänke, Theaterutensilien und Mitmenschen. Dann brannte die erste Kerze, schnell hintereinander flammten weitere auf. Der Stall von Bethlehem sah aus wie nach einem Bombenangriff. Die Kinder drückten sich je nach Temperament aufgeregt oder eingeschüchtert an ihre Eltern.
«Das war eine geile Aufführung», sagte ein Mädchen neben Valentin zu einem Jungen. Und der Junge erwiderte: «Mein Maschinengewehr kann aber viel lauter schießen.» Irene stand auf den Stufen und versuchte zu besänftigen. Valentin stieg auf eine Bank, um das Chaos besser zu überblicken.
«Junger Mann, Sie stehen auf einem Gesangbuch.» Valentin glaubte in dem empörten Mann den Kirchenangestellten zu erkennen, der ihn beim Pinkeln ertappt hatte. Und dann entdeckte er Larissa! Sie lief durch die Menge. Er eilte hinüber, half ihr, Wanja zu suchen. Aber die Kinder waren ja verkleidet. Valentin mußte jedes einzeln untersuchen.
«He, Sie da! Was machen Sie mit meinem Jungen?» Ein Vater stellte sich Valentin in den Weg, und sie verloren wertvolle Zeit.

«Weg da! Weg!» Der schwerbepackte Mann pflügte seinen Weg durch den Strom der Passanten. Der kleine Junge kam fast ins Straucheln. Er drückte seinen Teddybären an sich. Auf dem Bürgersteig ging es zeitweise nicht mehr vor und nicht zurück. Alle Menschen trugen Tüten und Taschen, meistens in beiden Händen. Wanja war verzaubert von den vielen Lichtern. Und dann die Gerüche! Es roch nach Gebäck und Punsch, nach Benzin und Bratwürsten, Parfüm und Leder. Instinktiv suchte Wanja den Rand des Stroms, drückte sich an den Häusern entlang. Nebenbei aß er die letzten Kekse auf, die ihm Irenes Mutter in die Taschen gesteckt hatte. Bevor er hineinbiß, bot er den Keks jedesmal seinem Teddy an.
«Du mußt essen», murmelte er. «Wir müssen stark bleiben.» Noch nie hatte er den Teddy so lange mit sich herumgetragen. Wanja spürte jetzt, daß er schwer war – schwerer als früher. Aber vielleicht war Wanja auch nur schwächer geworden. Er hatte Sehnsucht nach seiner Mamuschka, aber er mußte vorhin doch vor den beiden Männern davonlaufen. Sie hatten keine guten Augen gehabt. Wanja war so flink zwischen den Kirchenbänken entlanggewetzt, daß die ungelenkigen Erwachsenen keine Chance hatten.
Jetzt fühlte er sich allein. Er hatte nicht direkt Angst, dazu war seine Aufmerksamkeit zu sehr abgelenkt. Aber keiner kümmerte sich um ihn, und ihm hätte jetzt eine beruhigende Hand so gutgetan. Larissa hatte

ihm immer über den Kopf gestreichelt. «Du hast da oben einen Knopf», behauptete sie. «Wenn ich den drücke, wirst du ganz ruhig.» Wanja hatte tagelang vor dem Spiegel gestanden und diesen verdammten Knopf gesucht.

«Guck dir den an. Der kommt aus dem Müllcontainer.» Zwei Jungen standen vor Wanja. Sie trugen Turnschuhe, als würden sie Klumpfüße haben, und Hosen, Pullover und Jacken wie Zwiebelschichten übereinander. Sie waren auf Streit aus, Wanja floh. Er wollte nicht weinen, aber vor dem Bankgebäude zog er die Nase hoch. Neben ihm stand der Obdachlose. Er hielt sich an einer Zeitung fest, die er den Leuten zum Kauf anbot.

«Frohes Fest», sagte der Obdachlose durch seinen struppigen Bart. Wanja sah, daß der Mann fror. Und gesund sah er auch nicht aus. Wanja wischte den Schnodder von der Nase, und dann sagte er das Gedicht auf. Er brach gleich wieder ab und begann statt dessen zu singen.

«Kommet, ihr Hirten.» Die eiligen Menschen hatten es plötzlich nicht mehr so eilig.

Denn Wanja konnte singen, mannomann.

Er sang alle Strophen von vorn bis hinten. Hundert Hände klatschten Beifall, Wanja wachte auf wie aus einem Traum. Mit ausgestrecktem Arm wies er auf die Mütze, und ein warmer Silberregen ging über ihr nieder. Der Obdachlose sah staunend zu. Wanja sang ein zweites Lied, öffnete Herzen und Geldbörsen.

«Du mußt das Jesuskind sein», sagte der Obdachlose mit seinem Weinatem. «Gib es zu, du Lümmel. Ihr habt mich doch im Auge, ihr Mischpoke da oben.» Er zählte sein Geld, steckte es ein. Er nahm Wanja an die Hand und zog mit ihm hinunter zum Jungfernstieg. Er setzte sich hin, und Wanja sang. Einmal versuchte der Mann mitzusingen, aber Wanja legte ihm die Hand auf den Mund, und das war auch besser so. Münzen flogen durch die Abendluft, es roch nach Glühwein und Mandeln, nach Leder und Benzin. Und ein wenig roch es auch nach Liebe.

Larissa eilte durch die Straßen, Valentin immer einen Schritt hinter ihr. Er wollte sie so gern berühren, aber sie strahlte etwas aus, das jede Annäherung verbot.

«Ich bin schuld», sagte Larissa ein ums andere Mal. «Du kannst nichts dafür.» – «Ich hätte ihn nicht loslassen dürfen. Ich hatte ihn zehn Monate nicht, und jetzt ist er schon wieder weg. Ich bin die schlechteste Mutter der Welt.» - «Ach was. Du gehörst vielleicht nicht zu den zwei, drei Spitzenmüttern. Aber ...» Sie starrte ihn an, erbost, unglücklich, zerrissen. Larissa eilte weiter, und Valentin war immer einen Schritt hinter ihr. ► ► ►

«So was von bescheuert!» Der Wiener konnte sich gar nicht beruhigen über Blinis Verhalten in der Kirche. «Jetzt haben wir die Bullen am Hals.»
«Schweig!» zischte der Russe und sah immer wieder nach hinten, während sie sich im Laufschritt von der Kirche entfernten. «Hattest du eine bessere Idee?» Der Wiener hatte 20 bessere Ideen, aber er behielt sie für sich. «Wir müssen den Jungen finden», sagte er. «Den Bären», präzisierte Blini.
«Klar Chef, den Jungen, das Mädchen und den Bären.» Auf der gegenüberliegenden Straßenseite standen zwei Musiker mit Posaunen in Weihnachtsmannkostümen und spielten weihnachtliche Weisen. Den Rhythmus gaben die Markstücke an, die vor ihnen im Säckchen klimperten. Unschlüssig standen der Wiener und Blini vor dem Eingang zur Einkaufspassage. «Wir müssen zusehen, daß uns die Greifer nicht schnappen», murmelte der Wiener. Zwei Männer, ein Gedanke. Sie überquerten die Straße, der Wiener stupste einem Weihnachtsmann in die Seite. «He, Meister, kannst du uns mal für eine Stunde dein Kostüm leihen?» Der weiße Bart schüttelte sich, auch die Kapuze schwankte hin und her. «Soll auch dein Schaden nicht sein.» Die Kapuze verneinte. Der Wiener trat von links und Blini von rechts an die X-Mas-Tröter heran. Plötzlich spürte jeder von ihnen einen harten Gegenstand zwischen der siebten und der achten Rippe. Beide packten zügig ihre Utensilien zusammen und verschwanden mit ihrer Begleitung in einem Textilgeschäft. Wenig später traten zwei Weihnachtsmänner auf die Straße, einem von ihnen war sein Kostüm zu eng. Sie hatten Probleme, ihre Rolle zu finden. Kleine Kinder, die ihnen zutraulich «Guten Tag» sagen wollten, schubsten sie zur Seite; Mütter, die ihre Kleinen trösten wollten, rempelten sie rüde an. Sie hatten nur Augen für einen kleinen Heiligen und seinen Bärenjesus.
Wanja sang auf dem Jungfernstieg *«O Tan-nen-baum, o Tan-nen-baum, wie grün sind dei-ne Blät-ter!»* Sein bärtiger Freund hatte in Windeseile eine Plastiktüte organisiert, um die Spenden einzusammeln. Die Leute klatschten nach jeder Strophe, jubelten nach jedem Lied. «Ach wie schön», schluchzte eine ältere Frau, «mein Enkelkind hat mir noch nie ein Lied vorgesungen. Auch nicht, als ich ihm einen Fernseher für sein Zimmer versprochen habe.» Ihre Nachbarin nickte. «Wie rein er singt. Und seinen Teddy hält er wie ein Baby.» Die Frauen waren sich einig, daß es mit der Welt nicht zu Ende sei, solange es solche Kinder gab.
«Das ist doch ein Profi», moserte der Mann im hellbraunen Cashmeremantel neben ihnen. «Der wird von seinen Eltern hergefahren und muß abends alles abliefern. Sonst kriegt er Schläge.» - «Meinen Sie wirk-

lich? Das arme Kind.» - «Wenn ich es Ihnen sage. Die finanzieren damit ihre dicken Wagen und kassieren obendrauf Sozialhilfe.» Plötzlich kam Bewegung in die Menge. «Achtung, Weihnachtsmänner!» Die Leute lachten und machten dem rotgewandeten Paar bereitwillig Platz. Wanja sang die letzten Zeilen *«... o Tan-nen-baum, o Tan-nen-baum, dein Kleid will mich was lehren.»* Dann stand der russische Onkel vor ihm. Er trug ein rotes Kostüm, aber Wanja kannte seine Augen.
«Das machst du sehr schön, kleiner Wanja.» Lächelnd streichelte ihm der Weihnachtsmann über die Wange, beugte sich herunter und flüsterte dem Jungen ins Ohr: «Wenn du deine Mama lebend wiedersehen willst, gibst du mir jetzt den Bären.»
Die Passanten begannen zu murren. «Weitersingen!» - «Ein Lied!» - «Kannst du nicht was Russisches? Die Russen sind so schön melancholisch.» Wanja begann zu weinen, aber er rückte seinen Bären nicht heraus. Der Obdachlose wollte zu ihm, aber der zweite Weihnachtsmann stellte sich ihm in den Weg. «Verpiß dich, du Penner.» Der Obdachlose kannte solche Typen. Sie traten zu, weil es ihnen Spaß machte.
«Warum singt der Kleine nicht mehr?» - «Wir wollen was hören für unser Geld.» - «Warum schenkt der Weihnachtsmann dem Jungen nichts?» Die Menge hatte ihr Thema: «Schenken! Schenken!» hallte es über die Straße. Wanja machte sich von Blini los und sagte: «Der Weihnachtsmann wünscht sich von mir ein Gedicht. Ich werde es jetzt aufsagen. Danach wird er eine schöne Bescherung machen.» Vereinzelt wurde geklatscht, Wanja stellte einen Fuß nach vorn und klemmte den Teddy unter den linken Arm.
«Die Nacht vor dem Heiligen Abend, / da liegen die Kinder im Traum; / sie träumen von schönen Sachen / und von dem Weihnachtsbaum.» Das Gedicht hatte sieben Strophen, Wanja sprach langsam und mit viel seelenvoller Betonung. Der Wiener fürchtete, daß Polizei auftauchen könnte. «Wir müssen so tun, als wenn wir dem Kind eine Bescherung machen», flüsterte er Blini zu. «Wir nehmen ihn mit ins Kaufhaus. Wir müssen unbedingt die Leute loswerden.» Blini nickte und lächelte Wanja zu, der einfach nicht fertig werden wollte. Der Obdachlose hatte zusammengepackt und schlich davon. Als Wanja geendet hatte, verharrten die Passanten fünf Sekunden schweigend, dann brach frenetischer Beifall los. Wanja verbeugte sich artig, und Blini ging auf ihn zu. «Hier hast du einen Sack voll Geld, kleiner Mann. Wir gehen mit dir jetzt in dieses Kaufhaus und erfüllen dir jeden Wunsch.» Beifallheischend blickte Blini in die Runde und hielt den Jungen derweil am Kragen fest. «Was wünschst du dir denn am meisten?» fragte der zweite Weihnachtsmann. Und Wanja sagte: «Ich will zu meiner Mamuschka.» ▶ ▶ ▶

«Ich kann mir nicht helfen», sagte die Passantin, «ich habe mir Weihnachtsmänner anders vorgestellt.»
«Wie denn, mein Kind?» fragte ihre Mutter mit gefüllten Wangen. Sie futterte sich trotz ihres Diabetes durch den Vorrat an Dominosteinen, den sie heimlich in ihrer Manteltasche hortete.
«Na... freundlicher eben. Gütiger.» - «Wie dein seliger Vater!» schwelgte die Mutter, und ihre Tochter erschrak bis ins Mark. Sie blickte dem Weihnachtsmannduo nach, das mit dem Kind in der Menge verschwand. Die Passantin wollte sich gerade abwenden, da drehte sich der Junge um, und ein Blick voller Angst traf die Frau mitten ins Herz. Dann verschlang die Menschenmenge das Kind und seine Begleiter.

«Larissa, bitte! Du mußt etwas essen!» - «Essen? Wie kann ich jetzt an Essen denken, wenn ich nicht weiß, wo Wanja steckt?» - «Weil Wanja nichts davon hat, wenn du dich schwach fühlst. Er braucht eine starke Mutter.» Valentin hielt die Widerstrebende fest und orderte am Stand auf dem Weihnachtsmarkt zwei Würste. Larissa blieb stehen, aber Valentin spürte, wie es in ihr raste. «Wir werden ihn finden», sagte er zuversichtlich. «Das ist ein ordentliches Land hier. Bei uns gehen keine Kinder verloren.» - «Aber Frauen einsperren, das darf man bei euch. Ein sehr ordentliches Land.» Wütend biß Larissa in ihre Wurst. Valentin sah ihr hingerissen zu. Wenn sie aufgebracht war, liebte er sie noch mehr. Aber das konnte er ihr unmöglich erzählen. Nicht jetzt.
Immerhin bekam sie wieder etwas Farbe im Gesicht, nur ihre Hände waren wie abgestorben, sosehr Valentin sich auch bemühte, sie zu wärmen. Zuletzt steckte er immer abwechselnd eine von Larissas Händen in seine Jackentasche. Sie kamen am Kettenkarussell vorbei, es war bescheiden und altmodisch und nur für kleine Kinder geeignet. Larissa blieb unwillkürlich stehen, das war die heile Welt, nach der sie sich sehnte und von der sie noch nie so weit entfernt gewesen war wie in den letzten Monaten. Das Karussell war zur Hälfte besetzt, dick eingepackte Kinder, die einen munter, andere ernst, drehten ihre Runden. Auf den

beiden Schwänen saß ein Mädchen in schreiendem Rosa neben einem Jungen im viel zu großen Skianzug. Im Rennauto drehte ein magerer Lulatsch wie besessen am Lenkrad, hinter ihm kam das Motorrad, auf dem saß kein Kind, nur ein Teddybär, dahinter die Kutsche mit den Pfer...

«Da!» Larissa krallte sich in Valentins Arm. Der kapierte sofort, stand im nächsten Moment auf dem Karussell. «Nicht während der Fahrt!» rief mahnend die mütterliche Frau im Kassenhäuschen. Valentin stand schon am Motorrad und griff zum Bären. Da tauchte von der Seite ein rotbemantelter Arm auf. Eine Hand aus Stahl packte Valentins Gelenk, er riß sich los, aber der Wiener war dermaßen gierig auf den Bären, daß er sich endlich so benahm, wie ihm schon lange zumute war. Er holte aus und schlug Valentin den Ellenbogen an den Hals. Der verlor den Halt, stürzte über das Motorrad und die Pferde in die Kutsche. Er landete im Schoß des Kutschenfahrers, ein verdutztes Kindergesicht starrte ihn an, und Valentin erinnerte sich hinterher nur noch an die laufende Nase.

«Mamuschka!» rief gellend eine Kinderstimme.

«Wanja!» rief Larissa, «mein Wanja!» Valentin rappelte sich hoch, der Weihnachtsmann aus Wien wollte gerade vom Karussell springen, aber sein Mantel war lang, und Valentin erwischte ihn von hinten. Der Wiener stürzte kopfüber vom Karussell auf das harte Pflaster, und weil er wie ein Kind, das im Sturz seine Eistüte festhält, den Bären nicht losließ, stürzte er schwer aufs Gesicht. Der falsche Bart milderte den Aufprall nicht. Nebenan rang Larissa mit dem zweiten Weihnachtsmann. Er wollte sich gegen die attackierenden Fingernägel wehren, aber er hatte nur einen Arm frei, am zweiten hatte sich Wanja festgeklammert. Die Angst, daß der Weihnachtsmann seiner Mami weh tun könnte, verlieh dem zarten Kind Bärenkräfte.

«Na warte», knirschte der Wiener und trat rücksichtslos nach Valentin, der sich verbissen an seinem Mantel festhielt. «Laß los, du Idiot. Misch dich hier nicht ein. Du sollst loslassen!»

«Mami, Mami. Der böse Weihnachtsmann tritt nach dem Mann.» Wanja eilte zum zweiten Kampfplatz hinüber, Blini – unerwartet befreit von 36 Pfund Lebendgewicht – kam ins Straucheln. Da flog etwas durch die Luft auf ihn zu. «Fang!» rief der Quarterback, ein Teddybär taumelte durch den abendlichen Luftraum, Larissa griff zu, aber Blini stand günstiger, und in einer bei seiner Figur unerwarteten Leichtigkeit spurtete der stramme Russe Richtung Kaufhauseingang. Der Wiener schüttelte das Kind ab wie ein lästiges Insekt. Wanja prallte gegen Valentin, der Wiener rannte los. Die X-Mas-Super-Bowl ging in die entscheidende Phase. ▶▶▶

EINE

«Warum ins Kaufhaus?» rief der Wiener Blini in den Rücken.
«Mao hat gesagt, wie ein Fisch im Wasser!» rief Blini zurück. Der Wiener kannte keinen Zuhälter namens Mao. Beide Weihnachtsmänner stürmten in das große Kaufhaus, und ein Kind rief: «Mami, Mami, guck mal. Der Weihnachtsmann sieht aus wie Onkel Helmut.» Im Laufen riß der Wiener den verrutschten Bart vom Gesicht und schleuderte ihn von sich, im nächsten Moment sah das Kind aus wie der kleine Onkel Helmut. Instinktiv wollte der Wiener seine Schritte zügeln, um in den verstopften Gängen kein Aufsehen zu erregen. Doch dann sah er, wer ihm entgegenkam, und er rannte wie noch nie.
«Da sind sie!» brüllte Hauptkommissar Roland, der mit zwei Kollegen letzte Einkäufe erledigte. Freund und Helfer starteten durch, und der Kommissar wurde von einer Gestalt über den Haufen gerannt. «Entschuldigung!» rief er wütend dem Mann hinterher, und der Mann rief, ohne langsamer zu werden: «Angenehm, Valentin!»
«Du bleibst bei mir!» rief Larissa und bekam ihr Söhnchen gerade noch am Schlafittchen zu packen. Wanja wehrte sich, denn die bösen Weihnachtsmänner hatten seinen Teddy gestohlen. Aber diesmal ließ Larissa ihren Schatz nicht los. Und bald sträubte sich auch Wanja nicht mehr, denn er spürte zwei Hände, die er viel zu lange entbehrt hatte.
Die wilde Jagd führte durch das Erdgeschoß und über die Rolltreppe in den ersten Stock. Blini benahm sich wie eine Dampframme. Zwei alte Leute gingen unter seinen Rempeleien zu Boden, ein Kind plärrte, ein Mann fluchte, eine Frau schleuderte ihm ihren Regenschirm hinterher. Blini war schnell, aber Valentin war 20 Jahre jünger. Er holte ständig auf, und zwischen den Regalen mit den Christbaumkugeln setzte er zum Sprung an. Er hatte diesen Sprung in vielen Kriminalfilmen gesehen, aber da hatte die Übung leichter gewirkt, und der Vordermann hatte sich immer komplikationslos einfangen lassen. Valentin sprang, knallte auf den Boden und hatte einen Halbschuh gefangen. Ein zweiter Weihnachtsmann rannte an ihm vorbei, er trat auf Valentins rechte Hand, trat schmerzhaft in seine Lenden, zweimal. «Du Dreckstück», knirschte Valentin und sah vier Turnschuhe der billigsten Preisklasse durch die Gänge trampeln. Er rappelte sich hoch, rannte weiter und erkannte, daß Kommissar Roland durch den Parallelgang lief. «Wir haben alles im Griff!»

rief Roland, es knallte und schepperte, und der Kommissar stemmte sich verzweifelt gegen das kippende Regal mit den Sektflaschen, das er übersehen hatte.
Freund und Helfer waren die geborenen Verfolger, sie harmonierten ohne Worte, teilten sich, bildeten zwei Zangenflügel, schnitten den Weg ab. Das einzige, was die Profis störte, waren Hunderte von Zuschauern, die sich gleichzeitig mit ihnen im Kaufhaus aufhielten. Und die Kunden wiederum störten sich an vier erwachsenen Männern, die zwei Weihnachtsmänner verfolgten. Der Wiener hatte Blini eingeholt und spielte jetzt für beide Dampfwalze. Wer nicht schnell genug auswich, wurde brutal mit einem Check ausgehebelt. Der erste Geschenkhaufen ging zu Boden! Sie hatten aus Tüll und Tand stilisierte Weihnachtsbäume hingestellt, der Wiener fällte die Pyramiden im Vorbeilaufen. Dann ging es flott weiter durch die Porzellanabteilung, sie war wie geschaffen, um etwas umzureißen. Im Grunde war alles so aufgebaut, daß es sich durch das Umstoßen einer einzigen Tasse dominosteinartig selbst zerlegen würde. Doch hier ereignete sich ein Weihnachtswunder. Obwohl Blini vor Luftmangel schon asthmatisch pfiff und obwohl seine Mantelschöße flogen, Dekorationen bedrohlich ins Wackeln gerieten – alles blieb stehen.
«Gib mir den Bären», keuchte der Wiener Blini zu. Der wurde augenblicklich von Mißtrauen durchpulst.
«Was willst du mit …?» - «Ich habe die bessere Kondition. Die Greifer kommen nä … da sind sie schon.» Blini warf den Bären nach rechts, der Wiener schnappte zu und raste mit neuem Schwung davon. Weit und breit keine Verfolger, aber der Wiener hatte nun doch einen: Blini.
So ging es durch die Haushalts- und Teppichabteilung unter Umgehung der Tonträger-Abteilung durch den Stand mit der nationalen und internationalen Presse. «Einmaliges Diamanten-Ei von Fabergé aus Moskauer Arsenal gestohlen. Geschätzter Wert 2,5 Millionen Mark» lautete eine der Schlagzeilen, und auf dem Foto darunter funkelten Preziosen vor blauem Samt.
Raus aus dem Kiosk, rauf auf die Rolltreppe, rein in die Spielwarenabteilung. Der Wiener wollte verschnaufen, aber er hörte Blini ächzen, und schon ertönte eine Stimme, die der Wiener haßte: «Da vorne! Da vorne sind sie!» - «Dir hätten wir die Zunge rausschneiden sollen», knirschte der Zuhälter, während Freund und Helfer die Richtung einschlugen, die ihnen Valentin gewiesen hatte. Valentins Puls raste, aber das Jagdfieber hatte ihn fest im Griff. *Zusammenbrechen kannst du auch noch hinterher. Fang die Kerle. Hol sie dir! Tu es für Larissa. Oder für Wanja. Dann liebt sie dich noch mehr!* ►►►

SCHÖNE

Der rasende Troß fiel durch die Bildschirmallee der Computerregale in die Spielzeugwelt ein. Der Wiener nutzte den Schutz, den die übermannshohen Haufen mit Steiff- und preiswerten Stofftieren boten. Blini tapste schwer keuchend und russisch fluchend durch die Welt der Miniatureisenbahnen, Valentin griff dem Weihnachtsmann ans Schlüsselbein, Knecht Ruprecht wirbelte herum, und Valentin entfernte sich Entschuldigungen murmelnd von dem aufgebrachten Kaufhaus-Weihnachtsmann, dem eine Krawatte aus dem Mantelausschnitt lugte.
Und dann flogen Engel durch die Vorweihnachtsluft. Sie trugen billige Turnschuhe, sie verfügten über athletische Körper, und sie hatten dieses Glitzern in den Augen, wie es Engel vor der Bescherung haben. Oder Killer vor dem Töten. Sie waren Greifer im hoheitlichen Auftrag. Sie brachen wie himmlische Heerscharen über den Wiener herein, drei Männer prallten gegen eine Teddybärenpyramide, die eine Saurierpyramide mit sich in den Untergang riß. So muß es in der Frühzeit gewesen sein, als der schwarze Stern die Erde traf und alle Saurier auslöschte. Fünf Sekunden später war Valentin zur Stelle. Blini dachte nicht daran, die Gelegenheit zur Flucht zu nutzen. Die Angst, vom Wiener ausgetrickst zu werden, lähmte die Fluchtimpulse des Russen. Er stritt sich mit Kommissar Roland um das Recht, dem Wiener weh zu tun. Als Roland erkannte, daß er vor Legionen von Bären stand, verbanden sich in seinem scharfsinnigen Kopf alle Hinweise der letzten Tage.
«Der Bär!» sagte er und schlug sich gegen die Stirn, während Blini etwas Ähnliches tat – nur daß er gegen die Stirn des Wieners schlug, und zwar mit der Faust. «Die Bären!» rief Roland seinen Fahndern zu und riß im nächsten Moment dem ersten Tier brutal den Kopf ab. «Der Stoff ist im Bauch des Bären!»
«Mamuschka!» Ein Entsetzensschrei. «Der Onkel macht meinen Bären tot.» Wanja sprang auf den Kommissar zu. Aber dann sah er, wie beide Weihnachtsmänner je einem Bären Kopf und Arme abrissen und das Gewölle aus dem Inneren zerrten. Als wären sie von einem bösen Geist besessen, machten sich alle Männer über die possierlichen Stofftiere her, rissen an ihnen herum, an Köpfen, Armen und Beinen. Und sie töteten nur Bären, keinen einzigen Saurier. Verstörte Kunden sahen dem größten Teddybären-Massaker der Neuzeit zu. Besorgte Mütter entfernten ihre Kinder, damit sie keinen seelischen Schaden erlitten. Der für Spielwaren zuständige Abteilungsleiter konnte gerade noch die Polizei alarmieren, bevor er mit einem Kreislaufkollaps zu Boden ging. Kaufhausdetektive und beherzte Angestellte warfen sich in das Tohuwabohu, aber mehr als einer wurde dabei beobachtet, wie er – anstatt die Eindringlinge zu bändigen – Teddybären die Innereien herausriß.

Larissa stand bebend in der Nähe. Die zarte Frau hatte keine Chance, und sie fürchtete schon wieder um ihr Söhnchen. Das Toben wollte kein Ende nehmen, und niemand kam auf den Gedanken, endlich die süßliche Weihnachtssoße abzustellen, die sich unverdrossen aus unsichtbaren Lautsprechern über den Bärenkrieg ergoß.

Dann kam endlich die Polizei. Zehn Streifenbeamte zogen einen Kampfhahn nach dem anderen aus dem Ring. Am schwersten fiel ihnen die Bändigung von zwei dubiosen Männern in billigen Turnschuhen. Kommissar Roland dolmetschte wie rasend, aber er mußte aufpassen, daß sie ihn nicht auch gleich abführten. Immer mehr Streifenbeamte stürmten die Spielzeugabteilung. In diesen Minuten sank der Umsatz gegen Null. Der Notarzt gab dem Abteilungsleiter eine Spritze.

« Sie sollten sich schämen », fauchte der Anführer der Streifenbeamten die beiden Männer in den verrutschten Weihnachtsmannkostümen an.

« Piefke », erwiderte der kräftigere der Weihnachtsmänner haßerfüllt. Er war der einzige der Festgenommenen, der auf dem Weg in den Mannschaftswagen insgesamt achtmal von seinen Begleitern versehentlich gegen harte Säulen und Tische gestoßen wurde.

« Valentin! » rief Larissa bebend. « Keine Angst », rief er ihr über die Schulter zu. « Ich bin bald wieder da! »

« Ist das etwa Ihre Freundin? » fragte der Beamte, der Valentin am rechten Arm festhielt. Valentin nickte stolz, und der Beamte murmelte mißmutig: « Warum verknallen sich Engel nur immer in Ganoven? »

Die Stille nach dem Massaker war unheimlich. Jetzt, wo alles zu spät war, schaltete jemand die Weichspülermusik ab, und eine Männerstimme behauptete über Lautsprecher: « Kein Grund zur Aufregung. Wir haben alles im Griff. »

« Wo ist mein Wanja? » rief Larissa verzweifelt und drehte sich zweimal um die eigene Achse. Mehrmals wehrte sie unwirsch die kleine Bewegung an ihren Beinen ab, dann erkannte sie den dünnen Arm, der aus der untersten Reihe eines Stofftierregals ragte. Aufatmend schloß Larissa ihren Sohn in die Arme. Er sah aus, als wenn er den Schleudergang in der Waschmaschine mitgemacht hätte. « Komm, mein Liebling », sagte Larissa. Wanja entzog sich ihrem Griff, und Larissa wurde Zeugin, wie er kopfüber in dem ungeheuren Stofftierhaufen verschwand. Es dauerte nur wenige Sekunden, dann war Wanja an der Seite seiner Mutter.

« Woran hast du ihn erkannt? » fragte sie im Weggehen.

« An seinen Augen », antwortete Wanja und drückte den Teddybären an die Brust. Der Kopf seines Freundes hing nur noch an einem einzigen Faden. ►►►

BESCHERUNG

Träge blubberte der Strom gegen die Kaimauer, silbern wogten die Lichter der Nacht auf den kleinen Wellen. An der Pier stand ein Taxi, hinter dessen Windschutzscheibe ein bunter Weihnachtsbaum leuchtete. Auf dem Fahrersitz saß niemand, auf dem Beifahrersitz saß auch niemand. Die Rückbank war voll belegt. Links saß ein Mann, dreißig Jahre, eher jünger, dunkle, halblange Haare, frisch rasiert, etwas müde, aber glücklich. Der Mann war von Kopf bis Fuß neu eingekleidet, aber er mußte noch viel essen, um seine neuen Klamotten auszufüllen. Rechts saß ein Engel, rote Lippen, die kaum geschminkt waren, die Augen wie Sterne. Der Engel trug keine Flügel, dafür wäre auch kein Platz mehr gewesen, denn schon sein Busen war nur mit Mühe und Luftanhalten in das neue Kleid zu pressen gewesen. Zwischen Mann und Engel saß ein kleiner Junge. Er faßte immer wieder an seinen Kopf, denn er hatte sich noch nicht an die Baseballkappe gewöhnt, die ihm der fremde Mann vorhin aufgesetzt hatte. Der Junge trug ein T-Shirt mit orthodox-christlichen Symbolen und den Worten «Gorbi et Orbi». Auf seinem Schoß stand ein Pappkasten, darin lag ein Kilo Nüsse, die in Schokolade getaucht worden waren. Der Junge sagte kein Wort, er brauchte seine Kiefer zum Kauen.
«Achtung!» sagte Valentin. Da schoß schon der Korken aus der Flasche und blieb im Autohimmel stecken. Larissa hielt schnell die Gläser bereit. Sie waren nicht hoch, nicht elegant und ehrlich gesagt auch nicht ganz sauber. Als es in den Gläsern perlte, blickten sich Larissa und Valentin in die Augen. Der Schampus perlte und perlte, und es wollte einfach kein Ende nehmen.
«Wenn ich dich nur halb so liebe, wie mir gerade zumute ist, werde ich verrückt», sagte Valentin. Larissas Augen glänzten, und eine Kinderstimme, die vor lauter Kauen kaum zu verstehen war, sagte:
«Wehe, du machst meine Mami unglücklich. Dann gehen wir beide vor die Autotür.»
«Wo hat er das bloß her?» fragte Larissa entgeistert, und Valentin gestand verschämt, daß Wanja sein altes Sprachbuch gegen neue Boulevardzeitungen eingetauscht hatte.
Plötzlich klopfte es an der Seitenscheibe. Über wallendem, mit Kuchenkrümeln verziertem Bart blitzten listige Äuglein. Der Stadtstreicher hielt eine leere Weinflasche in die Höhe, und Valentin rief: «Im Kofferraum.» Freudestrahlend zog der Stadtstreicher mit dem Karton voller Flaschen zu seinen Freunden ab. Sie lagerten zwischen Halle und Kaimauer. Und dann waren Flocken in der Luft! Tanzten erst auf der Stelle, als könnten sie sich nicht entscheiden, ob sie fallen sollten oder nicht. Bald waren mehr Flocken in der Luft, viele Flocken, dicke Flocken. Der Himmel

schüttelte über der Stadt ein mächtiges Kissen aus, Larissa küßte Valentin zärtlich auf die Wange.
Und plötzlich erfüllte Musik die Luft, Cellomusik, warm und schön und ohne Schnörkel. Valentin blickte zum Autoradio, aber es war ausgeschaltet. Dann blickte er auf den Fischmarkt. Mutterseelenallein saß der alte Mann auf den gestapelten Fischkisten. Er war warm eingemummelt und spielte Cello wie ein Meister. Längst war der Mann weiß bemehlt vom vielen Schnee. Als er Valentins Blick bemerkte, hob er sekundenkurz den Stock, dann war der Platz wieder erfüllt von Brahms.
«Freut Euch!» sagte Wanja. *«Nun freut Euch! Der Heilige Abend ist da! Es brennen die Kerzen, ein Wunder geschah. Wir stehn vor der Krippe und schaun auf das Kind. Kein Laut will uns stören, drauß' regt sich kein Wind...»*
Larissa streichelte ihm über den Kopf, und plötzlich wogte vor der Windschutzscheibe nur noch Busen. Nina und Elzbieta und ihre Freundinnen standen singend und lachend um das Taxi herum, verteilten kleine Geschenke, und als Valentin sich furchtbar schämte, weil er daran nicht gedacht hatte, holte Larissa Päckchen hervor und beschenkte ihre Freundinnen. Im Hintergrund stand eine verfrorene Gestalt, sie sah aus wie ein Friseur aus einem stadtbekannten Salon. Die Huren gingen zu den Stadtstreichern hinüber, plötzlich wurde eine Vordertür des Taxis geöffnet, ein deprimiertes Gesicht schaute herein und sagte:
«Ich halt das nicht aus zu Hause.»
«Komm rein, Roland», sagte Valentin gönnerhaft. «Dafür habe ich was gut bei dir.» Der Hauptkommissar bekam Schampus, Lachs und Schokoladennüsse, und eine Hand zupfte an Larissas Arm:
«Mamuschka, Mamuschka, mein Teddy hat immer noch Bauchweh.»
Der Bär sah jämmerlich aus, und aus seinem Rumpf leuchtete es so merkwürdig. Valentin griff zu, Wanja schloß die Augen, dann blickten alle auf das, was Valentin in der Hand hielt. Das Ei war keine 15 Zentimeter groß, goldfarben und blau, gespickt mit Perlen und Diamanten. Als Valentin das Ei aufklappte, begann eine leise Musik zu spielen. Im Ei stand wie in einem Nest eine Wiege, sie war über und über mit glitzernden Steinen besetzt.
«Ein altes Überraschungsei», sagte Valentin zu Wanja.
«Fabergé», stammelte der Kommissar. «Jetzt hat dein Teddy keine Verdauungsbeschwerden mehr.» Valentin stellte das Ei nach vorn neben den Weihnachtsbaum. Dann beugte er sich zu Larissa hinüber und küßte sie. Wanja brachte seine Schokolade in Sicherheit. Kommissar Roland standen vor Rührung Tränen in den Augen, und Rostopovich spielte und spielte auf dem Fischmarkt.

ÜBER DIE AUTOREN UND DEN ILLUSTRATOR

DIE AUTOREN

Norbert Klugmann und Peter Mathews verlebten ihr erstes Weihnachtsfest auf Erden am 24. Dezember 1951. Damals waren sie sich noch nicht begegnet, wenngleich die Weihnachtsbäume nur rund 100 Kilometer Luftlinie voneinander entfernt in Uelzen und Bremerhaven brannten.
Nach haarsträubenden Ausbildungswegen trafen sie sich im Jahre des Herrn 1979, diskutierten fünf Heilige Abende ihr weiteres Vorgehen und schenkten ihrer Gemeinde 1984 den Krimi-Erstling «Beule».
Heute ist Klugmann Schriftsteller, Mathews Lektor. Beide leben in Hamburg und wirken nach 92 überlebten Weihnachtsfesten gestählt.
Die Bücher von Klugmann/Mathews wurden mit denen von Groucho Marx, Charlie Chaplin, Jacques Tati, Heinz Erhardt und Giovanni Guareschi verglichen. Das geht in Ordnung so.
Rezensenten fanden für ihre fünf gemeinsamen Kriminalromane folgende Einschätzungen: «Intelligent wie spannend. Allererste Empfehlung: die subtil anarchistischen Polizeikomödien von Klugmann/Mathews» – «Szenen, Dialoge und Milieu sind hinreißend beschrieben» – «Der Spruch der Altvorderen: ‹Komik und Krimi passen nicht zusammen› wird von den beiden lässig widerlegt» – «Auf jeder Seite ein neuer Gag. Muß das sein?» – «Das Beste an komischer, anarchischer Gesellschaftspersiflage» – «Mit den üblichen Maßstäben sind die Romane nicht zu messen».
Zum Verschenken besonders geeignet:
Klugmann/Mathews: Beule & Co. (Nr. 3101), Die Schädiger (Nr. 2771), Die Schädiger/Tote Hilfe (Doppelband Nr. 43275) und in gebundener Ausgabe: Vorübergehend verstorben. Norbert Klugmann: Das Pendel des Pentagon (Nr. 2954), Schweinebande (Nr. 3175) und Ein Fall für den Sportreporter: Doppelfehler (Nr. 3228), Treibschlag (Nr. 3238) und Zielschuß (Nr. 3241).

DER ILLUSTRATOR

Hendrik Dorgathen wurde 1957 in Mülheim an der Ruhr geboren, studierte Kommunikationsdesign an der Folkwangschule in Essen und arbeitete als Illustrator, Designer und Zeichner, u. a. mit dem New Yorker Designer Mark Pollard. Ausstellungen und Werkschauen in Erlangen, Berlin, Barcelona, Paris, Angoulême und Hamburg. 1992 erschien im Carlsen Verlag eine Auswahl verschiedener Arbeiten unter dem Titel «Präpostfluxoflex».
In seinem Comic «Spacedog» (Rowohlt Verlag, 1993) erzählt er die Geschichte eines kleinen Hundes, der «im Traumland Amerika auf Abenteuerreise geht und als Weltraum-Hund Karriere macht» (Die Weltwoche), «konsequent aus der Perspektive des Vierbeiners – ohne Worte. Piktogramme, Symbole und Pop-Zitate sprechen für sich. Nicht nur Hunde werden ihn dafür lieben» (Die Woche), und «die Geschichte des Universums muß neu geschrieben werden – nicht Menschen, sondern Hunde sind die Krone der Schöpfung» (Der Spiegel).

Hendrik Dorgathen wurde beim 10. Comic-Salon in Erlangen mit dem Max-und-Moritz-Preis als bester deutschsprachiger Comic-Künstler ausgezeichnet.

«Ich bin dann wieder abgereist und habe vergessen, ihn nach seinem künstlerischen Credo zu befragen, aber ich bin ziemlich sicher, daß er nach langem Nachdenken gesagt hätte: ‹Kunst muß reinhaun wiene Tüte Mondamin›», schreibt Harry Rowohlt nach einem Besuch in Mülheim.

Hinz & Kunzt ging im November 1993 an den Start, gegründet nach Vorbildern in England und anderen Ländern. Initiator war Dr. Stephan Reimers, Landespastor und Leiter des Diakonischen Werks in Hamburg und Herausgeber von Hinz & Kunzt.

Die Hamburgerinnen und Hamburger haben das Zeitungsprojekt phantastisch angenommen. Hinz & Kunzt erscheint monatlich mit einer verkauften Auflage von rund 100000 Stück. Damit liegt das unterhaltsame und professionell gemachte Blatt mit seiner Mischung aus Kultur und sozialen Themen an der Spitze der Hamburger Stadtmagazine.

Und das alles ohne einen Pfennig staatlicher Unterstützung. Hinz & Kunzt ist ein Selbsthilfeprojekt von Obdachlosen, getragen vom Diakonischen Werk Hamburg, finanziert durch den Zeitungsverkauf und Anzeigen.

Dazu kommen Spenden. Sie ermöglichen die sozialen Angebote über die Zeitung hinaus. So hat Hinz & Kunzt einen Sozialarbeiter angestellt, ein Wohnprojekt für Obdachlose gestartet und Fonds für besondere Notlagen eingerichtet – alles Bausteine für das große Ziel: Hilfe zur Selbsthilfe für Hamburgs Obdachlose.

Geschäftskonto:
Hamburger Sparkasse,
BLZ 200 505 50,
Konto 1268/125083

Spendenkonto:
Hamburger Sparkasse,
BLZ 200 505 50,
Konto 1268/131 131

Diakonisches Werk Hamburg

Bitte Stichwort Hinz & Kunzt generell angeben

Hinz & Kunzt

DAS HAMBURGER STRASSENMAGAZIN

Die beste Hilfe ist, sich selbst zu helfen

Hinz & Kunzt – eine Zeitung gegen die Obdachlosigkeit

Der Obdachlose an der Straßenecke entspricht so gar nicht dem typischen Bild. Selbstbewußt steht er da, und statt um «'ne Mark» zu betteln, bietet er etwas an: Hinz & Kunzt, das Hamburger Straßenmagazin.

Über 800 Wohnungslose verkaufen diese Zeitung auf Hamburgs Straßen. Vom Preis des Blattes (1,80 Mark) behalten sie eine Mark für sich. Das Geld bringt ihnen nicht nur eine materielle Verbesserung ihrer Lebenssituation, sondern auch neues Selbstbewußtsein. Schließlich haben sie es sich mit eigener Arbeit verdient. Und durch den Verkauf auf der Straße kommen sie in Kontakt mit Menschen, die vorher auf sie herabgesehen haben.

Diese Begegnungen haben das soziale Klima in Hamburg verändert, und das nicht nur zur Weihnachtszeit. Vielen ist klar geworden, daß Obdachlose keineswegs immer «selbst schuld» an ihrer Lage sind. Denn es gibt zu wenige bezahlbare Wohnungen. Wer eine abbekommt und wer nicht, darüber entscheidet oft ein Knick im Leben. Arbeitslosigkeit, Scheidung, Krankheit, Sucht. So landen viele auf der Straße. Obdachlosigkeit – es kann jeden treffen.